국어과 선생님이 뽑은

한국 문학읽기
한국고전읽기
세계문학읽기

국어과 선생님이 뽑은

금오신화

김시습 지음

북·앤·북

국어과 선생님이 뽑은 **금오신화**

 만복사 저포기 & **이생규장전** & **취유부벽정기** 외

초판 1쇄 | 2008년 5월 15일 발행
초판 9쇄 | 2021년 1월 15일 발행

지은이 | 김시습
엮은이 | dskimp2000@naver.com
교 정 | 이정민
디자인 | 인지숙
일러스트 | 김한결 · 이혜인 · 주승인
펴낸이 | 이경자
펴낸곳 | 북앤북

주소 | 경기도 고양시 일산동구 산두로 128, 909동 202호
전화 | 031-902-9948
팩시밀리 | 031-903-4315
등록 | 제 313-2008-000016호

ISBN 978-89-89994-63-3 44800
      978-89-89994-91-6 (세트)

국립중앙도서관 출판시도서목록(CIP)

(국어과 선생님이 뽑은) 금오신화 : 만복사 저포기 & 이생규
장천 & 취유부벽정기 외 / 지은이: 김시습 ; 엮은이: dskimp
2000@naver.com. -- 재판. -- 서울 : 북앤북, 2014
    p. ; cm. -- ((국어과 선생님이 뽑은) 문학읽기 ; 1
5)

ISBN 978-89-89994-63-3 44800 : ₩8500
ISBN 978-89-89994-91-6 (세트) 44800

금오 신화[金鰲新話]

813.5-KDC5   CIP2014015255

잘못된 책은 구입하신 서점에서 바꾸어 드립니다.

한 그루 배꽃나무 짝 잃은 원앙새 벗해 주나……

에게 드립니다

—·—·—·—·—·—·—·—·—·—·—·—·—·—·—·—

금오신화

여인의 부모는 딸의 영혼이

이제서야 떠나는 것을 슬퍼하였고,

양생도 또한 그 여인이
이미 죽은 혼령이었음을 깨닫고는

더욱 슬픔을 느껴 여인의 부모와
머리를 맞대고 함께 울었다.

만복사저포기

만복사저포기 미리보기

전라도 남원에 양생(梁生)이라는 노총각이 부모를 여의고 만복사라는
절에 구석방을 얻어 살고 있었다. 젊은 남녀들이 절에 와서 소원을
빌고 돌아간 뒤 그는 법당에 들어갔다. 저포를 던져 자신이 지면
부처님을 위해 법연(法筵)을 열고, 부처님이 지면 자신에게 좋은
배필을 달라고 소원을 빈 다음 저포 놀이를 했는데 양생이 이기게
되었다. 양생이 탁자 밑에 숨어 기다리고 있자 아름다운 처녀가
외로운 신세를 한탄하며 배필을 얻게 해 달라는 축원문을 읽으며
울었다. 이 말을 들은 양생은 탁자 밑에서 나가 처녀와 인연을
맺는다. 그는 여인의 집에서 사흘간 머물며 극진한 대접을 받고
꿈처럼 달콤한 시간을 보낸다. 사흘이 지나자 여인은 양생에게 은
주발 하나를 주었다. 그리고 다음 날 보련사로 가는 길에 자신의
부모를 만나면 인사를 드리라고 부탁한다. 양생은 다음 날 보련사에
딸의 대상을 치르러 가는 양반집 행차를 만난다. 그들을 통해 자신과
인연을 맺은 그 여인이 왜구 들에게 죽임을 당한 처녀의 환신임을
알게 된다. 양생은 처녀의 부모가 차려 놓은 음식을 혼령과 함께 먹고
난 뒤 홀로 돌아왔다. 양생은 여인과 이별한 후 세상을 등지고
지리산에 들어가 약초를 캐며 혼자 살았다고 한다.

만복사저포기 핵심보기

이 작품은 《금오신화》에 실려 전하는 5편 중의 하나로 일종의 전기 소설(傳奇小說)이다. 전래하는 《인귀교환설화》, 《시애설화》, 《명혼설화》 등이 복합적으로 어우러져, 이승의 사람과 저승의 영혼의 결합이라는 전기성(傳奇性)이 두드러진다. 이러한 경향은 전래 설화, 패관 문학, 가전 등의 내적 요인에 중국 진당 전기체 소설의 영향을 받은 것으로 볼 수 있으며, 직접적으로는 구우의 《전등신화》의 영향이라고 할 수 있다. 이 글은 우리나라 최초의 소설이라는 점에서 국문학사상 의의를 지닌다.

이 글의 소설적 특징은 《금오신화》에 실려 있는 다른 작품과 마찬가지로, 주인공이 재자가인(才子佳人)이고 한문 문어체로서 사물을 극히 미화시켜 표현하고 있다는 점이다. 작품 안에 보이는 운문은 상황에 따른 정감을 집약시켜 주인공의 심리를 묘사하는 구실을 하고 있지만, 당대의 여건으로 본다면 모든 문장이 운문에서 완전히 탈피하기 어려웠다. 불교의 연(緣) 사상이 바탕이 된다.

萬福寺樗蒲記

전라도 남원에 양생이라는 사람이 살고 있었다. 그는 일찍이 부모를 잃은 데다 아직 장가도 들지 못하여 만복사(萬福寺)의 동쪽 방에서 혼자 기거하였다.

마침 봄이 되어 창문 밖에 있는 배나무 한 그루에 꽃이 활짝 피었는데, 마치 옥으로 만든 나무에 은빛 조각들이 쌓여 있는 것 같았다.

양생은 달이 뜬 밤에 배나무 아래를 거닐며 낭랑하게 시를 읊었다.

한 그루의 배꽃이 외로움을 달래 주나
휘영청 달 밝은 밤은 홀로 지내기 괴로워.
젊은 이 몸이 누운 호젓한 창가로

어느 집 고운 님이 퉁소를 불어 주네.

외로운 저 물총새는 제 홀로 날아가고
짝 잃은 원앙새는 맑은 물에 홀로 노닌다.
바둑알 두드리며 인연을 그리워하다가
등불로 점치고는 창가에서 시름하네.

시를 다 읊고 나니 갑자기 허공에서 말소리가 들려
왔다.
"그대가 진정 아름다운 짝을 얻기를 소원하다면 어
찌 이뤄지지 않을 것이냐?"
그 말을 듣고 양생은 마음속으로 기뻐하였다.
이튿날은 마침 삼월 이십사일이었다. 이 고을에서
는 이날 만복사에 등불을 밝히고 복을 비는 풍속이
있어 남녀들이 모여들어 저마다 소원을 빌었다.
법회도 끝나고 날이 저물어 사람들이 드물어졌을
때, 양생은 소매 속에서 저포를 꺼내어 부처 앞에
다 던지면서 소원을 빌었다.
"오늘은 제가 부처님을 모시고 저포놀이를 해볼까
합니다. 제가 지면 부처님께 법연(法筵)을 차려 드

리겠습니다. 만약 부처님이 지면 아름다운 여인을 얻어 주셔서 제 소원을 이루게 하여 주십시오."

빌기를 마치고 곧 저포놀이를 하였는데 양생이 이겼다. 그래서 부처 앞에 무릎을 꿇고 앉아서 말하였다.

"약속을 이미 정했으니 어기시면 안 됩니다."

그는 불좌(佛座) 뒤에 숨어서 약속이 이루어지기를 기다렸다.

얼마 뒤에 한 아름다운 아가씨가 들어오는데 나이는 열대여섯 살쯤 되어 보였다. 머리를 땋고 깨끗하게 차려 입었으며 아름다운 얼굴과 고운 몸가짐이 마치 하늘의 선녀 같았다.

그 여인은 기름병을 가지고 와서 등잔에 기름을 따라 넣은 다음 향을 꽂았다. 세 번 절하고 꿇어앉아 슬프게 탄식하였다.

"인생이 박명하다지만 어쩌면 이럴 수가 있을까?"

그러고는 품속에서 축원문을 꺼내어 불탁 위에 바쳤다.

아무 고을 아무 동네에 사는 소녀 아무개가 외람됨을 무릅쓰고 부처님께 아룁니다.

지난번에 변방의 방어가 무너져 왜구가 쳐들어오자 난리가 일어나 봉화가 여러 해나 계속되었습니다. 왜놈들이 집을 불살라 없애고 생민들을 노략하여 사람들이 동서로 달아나고 좌우로 도망하였습니다. 우리 친척과 종들도 각기 서로 흩어졌었습니다. 저는 버들처럼 가냘픈 소녀의 몸이라 멀리 피난을 가지 못하고 깊숙한 규방에 숨어들어 끝까지 정절을 지켰습니다. 윤리에 벗어난 행실을 당하지 않고 난리의 화를 면하였습니다. 저의 부모께서도 여자로서 정절을 지킨 것은 올바른 일이라 하여 외진 곳으로 옮겨 초야에 살게 해주셨습니다. 그런 지가 벌써 삼 년이나 되었습니다.

가을 달밤과 꽃 피는 봄날을 외로운 마음으로 헛되

이 보내고, 뜬구름이나 흐르는 물과 더불어 무료하게 나날을 보냈습니다. 쓸쓸한 골짜기에 머물며 제 박명한 인생을 탄식하였고 아름다운 밤을 혼자 지새우면서 짝 잃은 난새의 외로운 춤을 슬퍼하였습니다. 그런데 날이 가고 달이 가더니 이제는 혼백마저 사라지고 흩어져 버렸습니다. 기나긴 여름날과 겨울밤에는 간담이 찢어지고 창자까지 찢어집니다.

부처님께 비오니 이 몸을 가엽게 여기시고 각별히 돌보아 주십시오. 인간의 삶은 태어나기 전부터 정해져 있으며 제가 타고난 운명에도 인연이 있을 것입니다. 한시라도 빨리 배필을 얻게 해주시길 간절히 빕니다.

여인은 간곡하게 빌고는 흐느껴 울었다.
양생은 불좌 틈으로 여인의 얼굴을 엿보다가 갑자기 마음을 걷잡을 수 없어 뛰쳐나가 물었다.
"조금 전에 올린 것은 무슨 축원문이신지요?"
그는 여인이 부처님께 올린 글을 보고 얼굴에 기쁨이 흘러넘치며 말하였다.

"아가씨는 누구이기에 혼자서 여기까지 왔습니까?"

여인이 대답하였다.

"저도 또한 사람입니다. 대체 무슨 의심이 드는지요? 당신은 좋은 배필만 얻으면 되실 테니 이름을 물어 당황하게 하지 마십시오."

만복사는 이미 퇴락하여 스님들은 한쪽 구석진 방에 머물고 있었다. 법당 앞에는 행랑만이 쓸쓸하게 남아 있고 행랑이 끝난 곳에 아주 좁은 마루방이 있었다.

양생이 여인의 손을 잡고 마루방으로 들어가자 여인도 어려워하지 않고 뒤따라 들어와 서로의 즐거움을 나누는데 보통 사람과 한가지였다.

이윽고 밤이 깊어 달이 동산에 떠오르자 창살에 그림자가 비쳤다. 발자국 소리가 들려 여인이 물었다.

"밖에 시녀가 왔느냐?"

시녀가 대답하였다.

"예. 아가씨는 평소에 문 밖에도 나가지 않으시더

니, 어제 저녁에는 우연히 나갔다가 어떻게 이곳까지 오셨습니까?"

여인이 말하였다.

"오늘의 일은 우연한 일이 아니다. 하느님이 도우시고 부처님이 돌보셔서 고운 님을 맞아 백년해로를 하게 되었다. 부모께 여쭙지 못하고 시집가는 것이 비록 예법에는 어긋나나, 서로 즐거이 맞이하게 된 것 또한 평생의 기이한 인연이다. 너는 집으로 가서 앉을 자리와 술안주를 가지고 오너라."

시간이 벌써 사경(四更)이나 되었으나 시녀가 뜰에 술자리를 베풀었다. 차려 놓은 방석과 술상은 화려하지 않고 깨끗하였으며 술에서 풍기는 향내도 정녕 인간세상의 솜씨는 아니었다. 양생은 여인이 의심이 들고 괴이하였지만 말씨와 웃음소리가 맑고 고우며 얼굴과 몸가짐이 얌전하여 '귀한 집 아가씨가 한때의 마음을 잡지 못하여 담을 넘어 나온 것이 틀림없구나.' 생각하고는 더 이상 의심하지 않기로 하였다.

여인이 시녀에게 명하여 노래를 불러 흥을 도우라
하고는, 양생에게 술잔을 올리면서 말하였다.
"이 아이는 옛 곡조밖에 모릅니다. 저를 위하여 새
노래를 하나 지어 흥을 도우면 어떻겠습니까?"
양생이 흔연히 허락하고는 곧 「만강홍(滿江紅)」가락
으로 가사를 하나 지어 시녀에게 부르게 하였다.

아직도 쌀쌀한 봄추위에 명주 적삼은 얇아
몇 차례나 애태웠던가, 향로불이 꺼졌는가 하고.
해가 저문 산은 눈썹처럼 엉기고
저녁 구름은 일산(日傘, 양산)처럼 퍼졌는데
비단 휘장 원앙 이불에 짝지을 이 없어
금비녀 반만 꽂은 채 퉁소를 불어 보네.
아쉬워라, 저 세월이 이다지도 빠르던가!
깊은 시름이 마음속에서 답답하여라.
낮은 병풍 아래의 등불은 가물거리는데
나 홀로 눈물 흘려도 그 누가 돌아볼까.
한스런 옛 시절을 이제 와 돌아보니
외로운 방에서 슬퍼하며 잠이 들었었지.
기뻐라, 오늘밤에는 피리를 불어 봄이 왔으니

겹겹이 쌓인 천고의 한이 스러지네!
「금루곡」가락에 술잔을 기울이세.

노래가 끝나자 여인이 서글프게 말하였다.
"지난번에 봉도(蓬島)에서 만나기로 했던 약속은 어겼지만, 오늘 소상강(瀟湘江)에서 옛 낭군을 만나게 되었으니 어찌 천행이 아니겠습니까? 낭군께서 저를 버리지 않으신다면 제가 시중을 들겠습니다. 그렇지만 제 소원을 들어주지 않으신다면 우리는 영원히 이별을 할 수밖에 없습니다."
양생이 이 말을 듣고 고맙게 생각하면서도 한편으로는 놀라며 말하였다.
"어찌 당신의 말에 따르지 않겠소?"
하면서 여인의 태도가 범상치 않았으므로 양생은 여인의 행동을 유심히 살펴보았다. 달이 서산에 져마을에서는 닭이 울고 절의 종소리도 들려 왔다. 먼동이 트자 여인이 말하였다.
"애야, 술자리를 거두어 집으로 돌아가거라."
시녀는 대답하자마자 순식간에 사라지고 여인이 말하였다.

"이미 인연이 정해졌으니 낭군을 모시고 저희 집으로 가려 합니다."

양생이 여인의 손을 잡고 마을을 지나가는데 개가 울타리에서 짖었다. 길 가던 사람들은 그가 여인과 함께 가는 것을 알지 못하는지 다만,

"양 총각, 새벽부터 어디에 다녀오시오?"
하였다. 양생이 대답하였다.
"어젯밤에 만복사에서 취하여 누워 있다가 이제야
친구가 사는 마을을 찾아가는 길입니다."
날이 점점 밝아오자 여인은 양생의 손을 잡아끌고

만복사 저포기 21

깊은 숲속을 헤치며 가는데, 이슬에
흠뻑 젖어서 갈 길이 막막하였다.
양생이 묻기를,
"어찌 당신이 거처하는 곳이 이렇소?"
하자 여인이 대답하였다.
"혼자 사는 여자의 거처가 원래 이렇
답니다."
여인이 『시경』에 나오는 옛 시 한 수를 읊어 농을
걸어왔다.

축축히 젖은 수풀의 이슬
이른 아침과 늦은 밤엔 어찌 다니지 않나?
숲길에 이슬이 많기 때문이라네.

양생 또한 『시경』에 나오는 옛 시 한 수를 읊었다.

여우가 어슬렁어슬렁
저 기수(淇水)강 다릿목에 어정거리네,
노나라 오가는 길 평탄하니
제나라 아가씨 평화롭게 노니네.

시를 읊고 둘이 한바탕 웃은 다음에 함께 개령동(開寧洞)으로 갔다. 어느 곳에 이르자 다북쑥이 들을 덮고 가시나무가 하늘을 향해 치솟은 들판에 집이 하나 있었는데 작으면서도 아주 아름다웠다.

그는 여인이 이끄는 대로 집 안으로 따라 들어갔다. 방 안에는 이부자리와 휘장이 잘 정돈되어 있었다. 밥상을 올리는 것도 어젯밤 만복사에 차려온 것과 같았다. 집 안의 기물들이 깨끗하면서도 담백하여 인간세상의 것이 아니라는 의심이 다시 한번 들었으나 여인의 은근한 정에 마음이 끌려 그런 생각을 하지 않으려 하였다.

그곳에서 양생은 여인과 며칠을 머물렀는데, 즐거움이 평상시와 한가지였다.

사흘 뒤에 여인이 양생에게 말하였다.

"이곳의 사흘은 인간세상의 삼 년과 같습니다. 낭군은 이제 집으로 돌아가셔서 생업을 돌보십시오."

이별의 잔치를 베풀며 여인과 헤어지게 되자 양생

이 슬퍼하며 말하였다.

"왜 벌써 이별을 해야만 하오?"

여인이 말하였다.

"다시 만나면 평생의 소원을 풀게 될 것입니다. 오늘 이 누추한 곳에 오시게 된 것도 예전의 묵은 인연이 있었기 때문입니다. 이웃 친척들이 있는데 만나 보시겠습니까?"

양생이 좋다고 하자 곧 시녀에게 시켜 사방의 이웃들을 모이게 하였다.

첫째는 정씨이고 둘째는 오씨이며, 셋째는 김씨이고 넷째는 류씨인데 모두 문벌이 높은 귀족가의 따님들이었고 이 여인과 한 마을에 사는 친척 처녀들이었다. 모두들 성품이 온화하며 풍류와 운치가 보통이 아니었고 총명하고 글도 많이 알아 시를 잘 지었다. 이들이 모두 칠언절구 네 수씩을 지어 양생을 환송하였다.

정씨는 태도와 풍류가 갖추어진 여인으로 구름처럼

쪽진 머리가 귀밑을 살짝 가리고 있었다. 정씨가
탄식하며 시를 읊었다.

봄이라 꽃이 피고 밤에는 달빛마저 고운데
내 시름은 끝이 없어 나이조차 모르겠네.
한스러워라, 이 몸이 비익조(比翼鳥)나 된다면
푸른 하늘에서 쌍쌍이 춤추고 놀텐데.

칠등(漆燈)엔 불빛도 없으니 밤이 얼마나 깊었나
북두칠성 가로 비끼고 달도 반쯤 기울었네.
서글퍼라, 어두운 무덤 속을 그 누가 찾아올까.
푸른 적삼은 구겨지고 쪽진 머리도 헝클어졌네.

매화가 지고 나니 정다운 약속도 속절없고
봄바람 건듯 불고 나니 모든 일이 덧없네.
베갯머리에 눈물자국이 몇 군데나 젖었던가.
산비도 무심하구나, 배꽃이 뜰에 가득 떨어졌네.

꽃다운 이 청춘을 하염없이 보내며
적막한 이 빈 산에서 잠 못 이룬 지 몇 밤이던가.

남교(藍橋)를 지나가는 나그네를 님인 줄 몰랐으니
언제나 배항(裴航)처럼 운교부인을 만나려나.

오씨는 두 갈래로 땋은 머리에 가냘픈 몸매였는데,
가슴속에서 일어나는 정회를 걷잡지 못하며 뒤를
이어 읊었다.

만복사에 향 올리고 돌아오던 길이던가,
저포를 던져 소원을 비니 누가 이루어 주었나.
꽃 피는 봄날과 가을 달밤에 서리는 이 원한을
님이 주신 한 잔의 술로 잠시나마 녹여 보세.

복사꽃 붉은 잎에 새벽이슬이 젖건마는
깊은 골짜기에는 봄이 되어도 나비조차 오지 않네.
기뻐라, 이웃집에서 백년가약을 맺었다고
새 노래를 부르며 황금술잔이 오가네.

만복사 저포기 47

해마다 오는 제비는 봄바람에 춤을 추건만
내 마음은 애가 끊어져 모든 일이 헛되어라.
부럽구나, 저 연꽃은 꼭지나마 나란히 하여
밤이 깊어지면 연못에서 함께 목욕하는구나.

푸른 산속에 다락이 하나 높이 솟아
연리지(連理枝)에 열린 꽃은 해마다 붉건마는
한스러워라, 우리 인생은 저 나무보다도 못하여
박명한 이 청춘에 눈물만 고였구나.

김씨가 얼굴빛을 가다듬고 얌전한 태도로 붓을 잡
더니 앞에 읊은 시들이 너무 음탕하다고 꾸짖으며
말하였다.
"오늘 모임에서는 많은 말이 필요가 없고 이 자리
의 광경만 읊으면 됩니다. 어찌 자신들의 속마음을
드러내어 우리의 절개와 지조를 잃게 하고 저 손님
으로 하여금 우리들의 속마음을 인간세상에 전하게
하겠습니까?"
그리고는 낭랑하게 시를 읊었다.

밤 깊어 오경(五更)이 되니 소쩍새가 슬피 울고
희미한 은하수는 동쪽으로 기울었네.
다시는 애끊는 옥퉁소를 불지 마오!
한가한 이 풍정을 속인이 알까 두렵네.

금술잔에 오정주(烏程酒)를 가득히 부으리다.
취하도록 잡수시고 술이 많다 사양 마오.
날이 밝아 저 동풍이 사납게 불어오면
내 봄날의 꿈은 어떻게 하나.

초록빛 소맷자락 부드럽게 날리고
풍류소리 들으면서 백잔 술을 드소서.
흥취가 다하기 전엔 돌아가지 못하시니
새로운 말로 새 노래를 지으소서.

구름같이 고운 머리가 티끌 된 지 몇 해던가
오늘에야 님을 만나 얼굴 한번 펴보았네.
고당(高塘)의 신기한 꿈을 자랑하지 마소서.
풍류적인 그 이야기가 인간에 전해질까 두렵네.

류씨는 엷게 화장하고 흰 옷을 입어 화려하면서도
법도가 있어 보였다. 말없이 조용히 있다가 자기의
차례가 되자 빙그레 웃으면서 시를 지어 읊었다.

금석같이 굳세게 정절을 지켜온 지 몇 해였나.
향기로운 넋과 옥 같은 얼굴이 구천에 깊이 묻혔네.
그윽한 봄밤이면 달나라 항아와 벗을 삼아
계수나무 꽃그늘에 외로운 잠을 즐겼다오.

복사와 오얏꽃은 봄바람에 못 이겨서
이리저리 나부끼다 남의 집에 떨어지네.
한평생 내 절개에 쇠파리가 없을 테니
곤륜산의 옥 같은 내 마음에 티가 될까 두려워라.

연지도 분도 싫은데다 머리는 다북쑥 같고
경대에는 먼지가 쌓이고 거울에는 녹이 슬었는데
오늘 아침엔 다행히도 이웃 잔치에 끼었으니
머리에 꽂은 붉은 꽃이 보기만 해도 부끄러워라.

아가씨는 이제야 백면(白面, 젊은) 낭군을 만났으니
하늘이 정한 인연 한평생 꽃다워라.
월하노인이 이미 거문고와 비파 줄을 전했으니
이제부터 두 분이 양홍과 맹광처럼 지내소서.

여인은 류씨가 읊은 시의 마지막 장을 듣고 감사를
올리며 앞으로 나와서 말하였다.
"저도 자획은 대강 분별할 정도이니 시 한 수를 지
어보겠습니다."
그리고는 칠언율시 한 편을 지어 읊었다.

개령동 골짜기에서 봄시름을 안고
꽃이 지고 필 때마다 온갖 근심을 느꼈었네.
초나라 무협(巫峽) 구름 속에서 고운 님을 여의고
소상강 대숲에서 눈물을 뿌렸었네.
따뜻한 날 맑은 강에서 원앙은 짝을 찾고
푸른 하늘에 구름이 걷히니 비취새가 노는구나.
님이여! 동심결(同心結, 혼인 매듭)을 우리도 맺읍시다.

비단 부채처럼 날아가 버리는
맑은 가을을 원망하지 마오.

양생도 또한 문장에 능한 사람이어서 그들의 시법
이 운치가 높으며 음운이 맑게 울리는 것을 보고
칭찬하여 마지않았다. 그도 즉석에서 고풍(古風, 한
시 문체) 장단편 한 장을 지어 화답하였다.

이 밤은 어떤 밤이기에
이처럼 고운 선녀를 만났는가.
꽃 같은 얼굴은 어쩌면 그리도 고운지
입술은 앵두처럼 붉어라.

게다가 시마저 더욱 아름다우니
이안(易安, 송 여류시인)도 마땅히 입을 다물리라.

직녀가 베를 던지고 인간세계로 내려왔는가.
상아가 약방아 버리고 달나라를 떠나왔는가.

대모(玳瑁, 바다거북 등) 장식이 자리를 빛내 주니
오가는 술잔 속에 잔치가 즐거워라.
운우(雲雨, 남녀의 사랑)의 즐거움이
익숙하지 않아도
술 따르고 노래 부르며
서로들 즐겨하네.

봉래섬을 잘못 찾아든 게 도리어 기쁘구나.
신선세계가 여기었나, 풍류도를 만났구나.
옥 술잔의 향기로운 술은 술통에 가득 차 있고
서뇌(瑞腦)의 고운 향내가 금사자 향로에 서려 있네.

백옥상 앞은 매운 향내 흩날리고
푸른 비단 휘장에는 실바람이 살랑이는데,
님을 만나 술잔을 나누며 잔치를 베푸니
하늘의 오색구름은 더욱 찬란하여라.

그대는 아는가.
문소와 채란이 만난 이야기와
장석이 난향이 만난 이야기를.
서로 만나는 인생은 반드시 인연이라.

님이여, 어찌 그렇게 쉽게 말씀하시오?
가을바람 불면 비단 부채 버린다는
서운한 말씀을.
이승이나 저승이나 배필이 되어
꽃이 피고 밝은 달이 뜨면
그곳에서 함께 노닐려오.

술이 다하여 헤어질 시간이 되자 여인이 양생에게
은그릇 하나를 주면서 말하였다.
"내일 저희 부모님께서 저를 위하여 보련사에서 음
식을 베풀 것입니다. 당신이 보련사로 가는 길목에
서 기다리고 있다가 저를 만나 함께 보련사로 가서
부모님을 뵙는 것이 어떻겠습니까?"
"그러겠소."
양생이 대답하였다.

이튿날 양생은 은그릇 하나를 들고 보련사로 가는 길가에 서서 여인을 기다리고 있었다. 과연 여인의 말대로 어떤 귀족의 집안에서 딸자식의 대상(大祥, 제사)을 치르려고 수레와 말을 길게 늘어세우고 보련사로 올라가는 것이었다.

그러다 하인이 길가에 한 서생이 들고 있는 은그릇을 보고는 주인에게 말하였다.

"어떤 사람이 아가씨 무덤에 묻은 은그릇을 훔쳐간 것 같습니다."

주인이 놀라며 말하였다.

"그게 무슨 말이냐?"

하인이 대답하였다.

"저 서생이 들고 있는 은그릇을 보고 말씀드린 것입니다."

주인은 타고 가던 말을 멈추게 하고 양생에게 그릇을 얻게 된 사연을 물었다. 양생이 전날 여인에게 들은 대로 대답하였더니 여인의 부모가 깜짝 놀라며 괴이하게 여기다가 한참 뒤에 말하였다.

"내 슬하에 딸자식 하나가 있었는데 왜구의 난리판을 만나 불행하게 죽었다네. 난리 중이라 미처 장례도 치르지 못하고 개령사 옆에 임시로 묻고는 오늘까지 이래저래 미루어 왔다네. 오늘이 대상 날이라 부모 된 심경에 재(齋)나 올려 명복을 빌어 줄까 하는데 자네가 정말 그 아이 말대로 하려면 내 딸자식을 기다리고 있다가 같이 오게."

그 귀족은 말을 마치고 개령사로 먼저 떠났다.

양생은 우두커니 서서 여인이 오기를 기다렸다. 약속한 시간이 되자 저 멀리서 한 여인이 계집종을 데리고 허리를 간들거리며 오고 있었다. 그들은 만나자마자 서로 기뻐하면서 손을 잡고 절로 향하였다.

여인은 절 문에 들어서서 제일 먼저 부처에게 예를 드리고 곧 휘장 안으로 들어갔다. 그 여인의 친척들과 절의 스님들은 모두 양생의 말을 믿지 못한 채였고, 오직 양생만이 그 여인을 볼 수 있었다.

여인이 양생에게 말하였다.

"함께 저녁이나 드시지요."

양생이 그 말을 여인의 부모에게 전하자,
여인의 부모가 시험해 보려고 양생과
같이 밥을 먹게 하였다. 그랬더니
그 여인의 모습은 보이지 않
으면서 오직 수저 놀리는
소리만 들렸는데 살아
있는 이가 식사하는 것
과 마찬가지였다. 그제야 여인의 부모가 놀라 탄식
하면서 양생의 말을 진정으로 믿게 되었다.

여인의 부모는 양생에게 여인과 휘장 안에서 같이
자게 하였는데 여인의 말소리가 한밤중에 낭랑하게
들렸다. 그러나 사람들이 엿들으려 하면 갑자기 말
소리가 끊어졌다.

여인이 양생에게 말하였다.

"제가 법도를 어겼다는 것은 잘 알고 있습니다. 저
도 어렸을 때에 『시경』과 『서경』을 읽었으므로, 조
금이나마 예의를 알고 있습니다. 『시경』에서 말한
'건상(치마를 올림)'이 얼마나 얼굴 붉힐 만한 시인
지 모르는 것도 아니고, '상서'에서처럼 무례함이
부끄러운 일이란 것을 모르는 게 아닙니다. 그렇지

만 들판의 우거진 다북쑥 속에 묻혀 오랫동안 버림받고 있다가 사랑하는 마음이 한번 일어나니 걷잡을 수가 없게 되었던 것입니다.

지난번에는 만복사에 가서 복을 빌고 부처님 앞에서 향불을 피우며 박명했던 한평생을 한탄하다가, 뜻밖에 삼생(三生)의 인연을 만나게 되었으므로 당신의 소박한 아내가 되어 백년의 높은 절개를 바치려고 하였습니다. 술을 빚고 길쌈에 힘써 지어미의 길을 가려 했었습니다만, 안타깝게도 업보를 피할 수가 없어 저승길을 떠나야 합니다.

이제 떠날 때가 되었습니다. 구름과 비는 양대땅에서 개이고 까마귀와 까치는 은하수에서 흩어질 것입니다. 즐거움을 미처 나누지도 못하였는데 슬픈 이별이 닥쳐와 헤어지려니 정신이 아득하여 무어라 말해야 할지 모르겠습니다.”

여인의 영혼을 떠나보내는 사람들의 울음소리가 그

치지 않았다. 영혼이 문 밖에까지 나가자 소리만
은은하게 들려 왔다.

저승길도 때가 있으니
슬프지만 이별이라오.
우리 님께 간절히 비오니
나를 저버리진 마옵소서.
애달프구나, 우리 부모
나의 배필을 못 구했네.
아득한 구원(九原, 저승)에서
마음에 한이 맺히겠네.

여인의 부모는 딸의 영혼이 이제서야 떠나는 것을
슬퍼하였고, 양생도 또한 그 여인이 살아 있는 사람
이 아니라 이미 죽은 혼령이었음을 깨닫고는 더욱
슬픔을 느껴 여인의 부모와 머리를 맞대고 함께 울
었다.
여인의 부모가 양생에게 말하였다.
"은그릇은 자네에게 맡기겠네. 또 내 딸자식 몫으로
밭 몇 마지기와 노비 몇 사람이 있으니 자네는 이것

을 신표로 하여 내 딸자식을 기억해 주게나."

이튿날 양생이 고기와 술을 마련하여 여인과 사흘을 머문 개령동을 찾아갔더니 과연 시신을 임시로 묻었던 곳이 있었다. 양생은 제물을 차려 놓고 지전(紙錢, 돈 모양의 종이)을 불살라 정식으로 장례를 치러 준 뒤에 슬피 울면서 제문을 지어 위로하였다.

아아, 혼령이시여! 당신은 어릴 때부터 천품이 온순하였고 자라면서 얼굴이 아름다웠소. 정숙한 자태는 서시와 같았고 문장은 숙진보다도 나았소. 규문 밖에 나가지 않으면서 열심히 가정교육을 받아 왔었소.

난리를 겪으면서도 정조를 지켰지만 흉악한 왜구를 만나 결국 목숨을 잃었구려. 다북쑥 속에 묻혀 홀로 지내면서 꽃 피고 달 밝은 밤에는 마음이 아팠겠소. 봄바람에 애가 끊어지면 두견새의 피울음 소리가 구슬프고, 가을서리에 쓸개가 찢어지면 버림받는 비단 부채인 양 탄식하였겠소.

지난번에는 우연히 당신을 만나 기쁨을 얻었으니, 비록 저승과 이승이 다르다는 것은 알면서도 물 만

난 고기처럼 서로의 즐거움을 다하였소. 앞으로 백
년을 함께 하려고 했으나 하룻밤 사이에 이렇게 슬
픈 이별이 될 줄이야 어찌 알았겠소? 당신의 영혼
을 모신 휘장을 볼 때마다 흐느껴 울고, 술을 따를
때에는 마음이 더욱 슬퍼진다오. 땅이 캄캄하여 돌

아오기도 어렵고 하늘이 막막하여 바라보기도 어렵구려. 집에 돌아가도 어이없어 말문이 막히고 밖으로 나간다 해도 아득해져서 갈 곳이 없다오. 님이시여. 그대는 달나라의 난새(鸞鳥)를 타는 선녀가 되고, 무산의 비 내리는 아가씨가 될 것이오. 그대의 성품은 총명하였고 그대의 기상은 맑고 깨끗했었소. 아름다운 자태가 눈에 보이는 듯하고 낭랑한 목소리가 귀에 들리는 듯하오.

아아! 슬프구려. 몸은 비록 흩어졌다지만 혼령이야 어찌 없어지겠소? 혼령이라도 꼭 내려와 나의 슬픔을 돌보소서. 비록 죽음과 삶이 다르다지만 당신이 이 글을 본다면 느낌이 있을 것이라 믿소.

양생은 여인의 장례를 치른 뒤에도 슬픔을 이기지 못하였다. 밭과 집을 모두 팔아 사흘 저녁을 연이어 재를 올렸더니 여인의 영혼이 공중에서 말하였다.

"저는 당신의 은혜를 입어 이번 생에서는 다른 나라에서 남자의 몸으로 태어나게 되었습니다. 저승과 이승이 멀리 떨어져 있지만 당신의 은혜에 깊이 감사 올립니다. 이제 당신도 선한 업보를 닦아 저와 함께 윤회를 벗어나길 빕니다."

양생은 그 뒤로 장가도 들지 않고 지리산에 들어가 약초를 캐며 살았다.

그가 어디서 언제 죽었는지는 아무도 알지 못하였다.

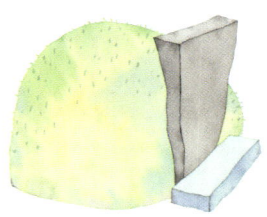

매일 지나가는 저 총각은 어느 집 도련님일까.

푸른 옷깃이 늘어진 버들가지 사이로 보이네

이 몸이 대청 위의 제비가 된다면

주렴 위를 가볍게 스쳐 담장 위를 넘어 날아가리

이생규장전

이생규장전 미리보기

개성에 살던 이생이라는 젊은이가 글공부를 하러 다니다가 귀족
집안의 최랑이라는 아름다운 처녀를 보고 사랑의 시를 써서 담
너머로 던진다. 그 뒤 그들은 사랑하는 사이가 되었지만 이생 부모의
반대로 시련을 겪게 된다. 최씨 부모의 노력으로 결국 두 사람은
부부가 되고 이생은 과거에 오른다. 그러나 얼마 안 되어 홍건적의
난으로 아내가 도적의 칼에 맞아 죽는다. 하지만 아내가 환신(幻身)
하여 이생을 찾아와 두 사람은 다시 행복한 나날을 보낸다. 3년이
지난 어느 날 아내는 자신의 해골을 거두어 장사 지내 줄 것을
부탁하며 이생과 작별한다. 이생은 아내의 말대로 시체를 거두어
장사를 지낸다. 그 후 이생은 아내를 못 잊어 병이 들어 세상을
떠나고 만다.

이생규장전 핵심보기

이생은 부모의 완강한 반대를 무릅쓰고 최씨 낭자와의 결혼에
성공한다. 엄격한 유교적 관습에 저항하여 자유 의사에 의해 만나고
혼인한 것은, 작가의 진보적 애정관을 나타낸 것이라 볼 수 있다.
그러나 어렵게 성공한 두 사람의 사랑은 홍건적의 난에 최 낭자가
죽음으로써 깨어지게 된다. 그리고 이생은 살아서 돌아온다.
여기까지가 현실의 이야기이다. 이어 작자는 깨어진 현실을 최
낭자의 환신(幻身)에 의해 다시 이어지게 한다. 이상의 세계를
낭만적인 환상의 세계에서 실현시키고자 한 것이다. 현실적 고뇌와
갈등을 예술적으로 승화시킨 점에서 작가 의식이 높이 평가되고
있다.

李生窺牆傳

송도(松都, 개성)의 낙타교 근처에 이생이라는 사람이 살고 있었는데, 나이는 열여덟이었다. 풍운이 맑고 재주가 뛰어나 어려서부터 국학(國學)에 다녔으며 길을 가면서도 책을 읽었다.

또한 선죽리(善竹里)의 어느 귀족 집에 열대여섯 살쯤 되는 최씨라는 처녀가 살고 있었다. 최랑의 자태는 아리따웠고 수도 잘 놓았으며, 글을 알아 시와 문장도 잘 지었다. 세상 사람들이 그 둘을 이렇게 칭찬하였다.

풍류로워라, 이 총각.
아리따워라, 최 처녀.

그 재주와 그 얼굴을
누군들 칭찬하지 않을까.

이생이 책을 옆에 끼고 국학에 갈 때에는 언제나
최씨네 집 북쪽 담 밖으로 지나다녔는데 수양버들
의 버드나무 가지가 간들거리며 그 담을 둘러싸고
있었다.

어느 날은 이생이 그 나무 아래에서 쉬다 담의 구
멍을 통해 안쪽을 엿보았더니, 아름다운 꽃들이 활
짝 피어 있고 벌과 새들이 다투어 재잘거리고 있었
다. 그 곁에 아담한 누각이 꽃떨기 사이로 은은히
보이는데 구슬발이 반쯤 가려 있고 비단 휘장이 낮
게 드리워져 있었다. 그 누각의 한 아리따운 아가

씨가 수를 놓다가 지쳐 잠시 바늘을 멈추고 턱을 괴어 시를 읊었다.

사창(紗窓)에 기대어 앉아 외로이 수놓기도 귀찮구나.
아름다운 꽃나무 가지에 꾀꼬리 소리는 다정도 하다.
부질없이 봄바람만 원망하며
수놓는 바늘을 멈추고는 말없이 생각에 잠긴다.

매일 지나가는 저 총각은 어느 집 도련님일까.
푸른 옷깃이 늘어진 버들가지 사이로 보이네.
이 몸이 대청 위의 제비라면
주렴 위를 가볍게 스쳐 담장 위를 날아가리.

이생은 그 여인이 읊은 시를 듣고 마음이 두근거려
견딜 수가 없었다. 그러나 그 집의 담은 높았으며
안채가 있는 누각이 깊숙한 곳에 있었으므로 어쩔
수 없이 안타까운 마음으로 국학에 갔다. 그는 국
학에서 돌아오는 길에 종이 한 장에다 세 수의 시
를 써서 돌멩이에 매달아 담 안쪽으로 던져 넣었다.

무산(巫山)의 열두 봉우리의 자욱한 안개 속에
반쯤 드러난 봉우리가 붉고도 푸르구나.
나의 외로운 꿈을 힘들게 하지 마오.
구름이 되고 비가 되어 양대(陽臺)에서나 만나 보세.

사마상여가 되어 탁문군을 꾀어내니
마음에 품었던 생각은 이미 다 이루어졌네.
붉은 담 위의 복사꽃과 오얏꽃은
바람에 실려 어디로 날아가나.

좋은 인연 되려는지 나쁜 인연 되려는지
부질없는 이 내 소원 하루가 일 년 같구나.

지금 지은 이 글로 황혼의 약속을 맺으니
어느 날 남교에서 신선을 만날 것인가.

최랑이 몸종 향아를 시켜 담장 아래 떨어
진 그 편지를 주워서 읽어보니 바로 이
생이 지은 시였다. 최랑이 그 시를 두
번 세 번 거듭 읽고는 기뻐하며 종이
에 답장을 써서 이생이 기다리고 있는
담 밖으로 던져 주었다.
"님이여, 그대의 생각을 의심하지 마세요. 황혼에
만나기로 해요."
이생은 저녁 무렵이 되어 최랑의 집을 찾아갔다.
담 아래에서 기다리고 있는데 갑자기 복사꽃 가지
가 담 위로 넘어오면서 그림자가 움직였다. 이생이
가까이 가서 살펴보니 그넷줄로 대바구니를 매어
아래로 늘어뜨려 놓았다. 이생은 그 그넷줄을 잡고
담을 넘었다.
마침 둥근 달이 동산에 떠오르고 뜰에 그림자 드리
운 꽃에서 맑은 향내가 사랑스러웠다. 이생은 신선
세상에 들어온 것 같아 마음은 황홀하였으나 여인

을 향한 마음이나 지금 하려는 일들이 비밀스러워 가슴이 두근거렸다.

이생이 좌우를 살펴 최랑을 찾았더니 최랑은 한 무더기의 꽃떨기 속에서 몸종 향아와 같이 꽃을 꺾어 머리에 꽂고는 외진 곳에 자리를 펴고 앉아 이생을 기다리고 있었다. 최랑이 이생을 보고 방긋 웃으면서 시 두 구절을 먼저 읊었다.

복사나무와 오얏 가지 속에 꽃송이가 탐스럽고
원앙 무늬 베개 위엔 은은한 달빛이 고와라.

이생이 뒤를 이어 답시를 읊었다.

다음날 어쩌다가 우리들의 봄소식이 새나간다면
무정한 비바람에 더욱 가련해지리라.

최랑이 얼굴빛이 변하면서 말하였다.

"저는 당신과 함께 부부가 되어 영원한 즐거움을 누리려고 하였어요. 그런데 당신은 무엇이 두려워 이렇게 말씀하시는지요? 저는 비록 여자이나 마음은 평화로운데 장부의 의기를 가지고 이런 말씀을 하십니까? 다음날 여기서 있었던 일이 누설되어 부모에게 꾸지람을 듣게 되더라도 저 혼자 책임을 지겠습니다."

잠시 동안 아무 말이 없다가 최랑이 몸종에게 명하였다.

"향아야, 준비해 놓은 술과 안주를 가져오너라."

향아가 사라지자 사방이 고요하여 아무런 인기척도 없었다. 이생이 최랑에게 물었다.

"이곳은 어디입니까?"

최랑이 말하였다.

"이곳은 집 뒤뜰에 있는 작은 누각 아래이지요. 제가 외동딸이어서 저희 부모님께서는 저를 여간 사랑하지 않으십니다. 그래서 연못가에다 이 누각을 따로 지어 주셨어요. 봄이 되어 아름다운 꽃들이 활짝 피면 몸종과 함께 즐겁게 지내라고 해 주신 것이랍니다. 부모님이 계신 곳은 여기서 멀기 때문에 아무리 크게 이야기하며 웃어도 그곳까지 들리지는 않는답니다."

최랑이 술 한잔을 따라 이생에게 권하면서 고풍(古風)으로 한 편을 읊었다.

부용 연못의 푸른 물을 누각에서 굽어보니
꽃떨기 속에서 님이 속삭이네.
향기로운 안개 속에 봄빛마저 화창해서
새 가사를 지어내어 백저가(白紵歌, 오나라 춤곡)를
부르는구나.
꽃그늘에 달빛이 비추어 방석에 스며들고
긴 꽃가지를 잡으니 붉은 꽃비가 떨어지네.
바람이 향기를 몰고 와 옷자락에 스며들어
봄을 맞은 아가씨가 햇살 속에 춤추네.
비단 적삼이 해당화를 가볍게 스쳐
꽃떨기 사이에서 졸고 있던 앵무새만 깨웠네.

이생도 시를 지어 화답하였다.

도원에 길을 잘못 들어 복사꽃은 만발한데
내가 품은 이 정회(情懷)를 이루 다 말할 수가 없네.
구름 같은 머리에 금비녀를 낮게 꽂고

모시 베로 산뜻한 봄 적삼을 지었구나.
나란히 달린 꽃가지가 봄바람에 꺾이다니
많은 꽃가지에 비바람아 부지 마소.
선녀의 소맷자락이 나부껴 그림자도 하늘거리고
계수나무 아래에도 시름이 있을 테니
함부로 새 가사를 지어 앵무새에게 가르치지 마오.

술자리가 끝나자 최랑이 이생에게 말하였다.
"오늘의 만남은 작은 인연이
아니랍니다. 저를 따라오
시지요."
최랑이 북쪽으로 통하
는 문으로 들어가자 이
생도 그 뒤를 따라갔다.
누각에 이르는 계단을 올라갔
더니 다락이 있었다. 문방구와 책상들이 아주 깨끗
했으며, 한쪽 벽에는 「연강첩장도」와 「유황고목도」
가 걸려 있었는데 모두 유명한 그림들이었다. 그
그림 위에는 시가 씌어 있었는데 누가 지은 시인지
는 알 수 없었다.

첫째 그림에 쓰인 시는 이러하였다.

어떤 사람이기에 붓 끝에 힘이 넘쳐
이 강 속에다 겹겹이 쌓인 산을 그려 넣었던가?
웅장해라, 삼만 길이나 되는 저 방호산(方壺山)은
아득한 구름들 사이로 봉우리만 드러났네.
산세는 몇백 리나 멀리까지 뻗어 있는데
소라모양 쪽머리 같은 푸른 산은 우뚝 솟았구나.
끝없이 푸른 물결은 하늘가에 닿아 있어
저녁노을 바라보니 고향이 그리워라.
이 그림을 바라보면 사람의 마음까지 쓸쓸해져
소상강의 바람에 배 띄운 듯하여라.

둘째 그림에 쓰인 시는 이러하였다.

울창한 대나무 숲에선 가을 소리가 들리는 듯하고
비스듬히 누운 고목은 옛정을 품은 듯해라.
구부러진 늙은 뿌리엔 이끼가 가득 끼었고
하늘을 향한 곧은 가지는 바람과 천둥을 이겨 왔네.
마음속에 간직한 조화가 끝이 없으니
기묘한 이 경지를 누구에게 말할 수 있나.
화가 위언과 여가도 이미 귀신이 되었으니
천기를 누설할 자가 그 몇이나 되려나.
맑게 갠 창가의 그윽한 곳에서 말없이 바라보니
삼매경에 든 필법이 못내 사랑스러워라.

한쪽 벽에는 사철의 경치를 읊은 시가 각각 네 수씩 붙어 있었다. 누가 지었는지는 알 수 없었지만 글씨는 송설(松雪)의 서체를 본받아 아주 곱고도 단정하였다.

그 첫째 폭에 쓰인 시는 이러하였다.

연꽃을 그린 휘장은 따뜻하고 향기 나는데
창 밖의 분홍 살구꽃이 눈 내리듯 하는구나.
다락방에서 새벽 종소리에 꿈을 깨고 보니
개나리 무성한 담에 때까치가 우짖네.

제비 새끼들은 커 가는데 방 깊숙이 들어앉아
말도 없이 귀찮은 듯 수놓는 바늘을 멈추었네.
꽃향기 따라 쌍쌍이 나비들 짝 지어 날며
동산으로 지는 꽃을 따라가네.

꽃샘추위가 초록 치마를 스쳐 가면
무정한 봄바람에 이 내 간장 끊어지네.
말이 없는 이 마음을 그 누가 알까.
온갖 꽃 만발한 속에 원앙새가 춤추는구나.

짙어 가는 봄빛을 누구의 집 뒷동산에 간직했나?
붉은 꽃잎들 푸른 나뭇잎들이 사창에 비치었네.
앞 뜰의 꽃들과 연한 풀들은 봄기운이 어리는데
주렴을 걷고 지는 꽃을 바라보네.

그 둘째 폭에 쓰인 시는 이러하였다.

밀 이삭을 처음 베고 제비 새끼 날아드는데
남쪽 뜰엔 석류꽃이 곱게 피었구나.
푸른 창가에 앉아 길쌈하는 아가씨는
붉은 비단으로 새 치마를 지으려 하네.

매실이 익어가는 나무에 부슬부슬 비가 내리면
홰나무에 꾀꼬리 울고 제비는 주렴으로 날아드네.
봄 풍경이 점점 시들어 가니
고련 꽃이 떨어지고 죽순이 삐죽 솟아오르네.

설익은 살구를 손에 쥐고 꾀꼬리에게 던져 보네.
따뜻한 바람이 남쪽 창문에 불고 해도 길어졌구나.
연잎에 향내 가시고 연못에는 물이 가득한데
푸른 물결이 이는 곳에서 원앙새가 목욕하네.

등나무 평상 대자리에 무늬가 물결 지고
소상강을 그린 병풍에 구름이 한 자락 있네.
한숨 잔 낮잠을 깨고도 나른해 누웠더니
창문에 비친 햇살이 뉘엿뉘엿 넘어가네.

그 셋째 폭에 쓰인 시는 이러하였다.

가을바람이 쌀쌀하여 찬 이슬이 맺히고
달빛도 고와서 물빛 더욱 푸르구나.
한 마리 또 한 마리 기러기 울며 돌아가는데
우물에 오동잎 지는 소리를 다시금 듣고파라.

평상 아래에서는 벌레들이 처량하게 울고
평상 위에서는 아가씨가 눈물 구슬을 떨어뜨리네.
만리 밖 싸움터에서 몸을 바친 님에게도
오늘 밤 옥문관(玉門關)의 달빛이 환하겠지.

새 옷을 만들려니 가위가 차가워라.
나직이 아이 불러 다리미를 가져오라네.
화로에 불 꺼진 걸 살피지 못하다가
머리를 긁으며 피리대로 가만히 헤치네.

작은 연못의 연꽃도 지고 파초 잎의
빛깔도 바래지자
원앙 그려진 기와 위에 첫서리가 내렸네.
묵은 걱정과 새로운 원한을 막을 길이 없어
귀뚜라미 울음이 골방까지 들리네.

그 넷째 폭에 쓰인 시는 이러하였다.

매화나무 가지 그림자가 창 앞으로 뻗었는데
바람 부는 서쪽 행랑의 달빛이 더욱 밝아라.
화롯불 꺼졌는지 부저로 헤쳐 보고는
아이를 불러다 찻물을 바꾸라 하네.

밤 서리에 놀란 잎이 자주 흔들거리고
돌개바람이 눈을 몰아 긴 마루로 들어오네.
님 그리워하며 밤새도록 꿈속에 뒤척이니
빙하(氷河)가 어디인가, 그 옛날 전쟁터일세.

창에 가득한 햇살은 봄날처럼 따뜻한데
시름에 잠긴 눈썹에 졸음까지 더하네.
꽃병의 작은 매화는 필듯 말듯 하는데
수줍어 말도 못하고 원앙새만 수놓는구나.

싸늘한 서리 바람이 북쪽 숲을 몰아치고
처량한 까마귀는 달을 보며 우는구나.
등불 앞에서 님 생각하면 눈물이 되어 흐르니
실에도 떨어지고 바늘에도 떨어지네.

한쪽에 작은 방 하나가 따로 있었는데 휘장과 이부
자리들이 아주 깨끗하였다. 휘장 밖에는 사향을 태
우고 난향의 촛불을 켜놓았는데 환하게 밝아서 마
치 대낮 같았다. 이생은 최랑과 더불어 마음껏 즐
거움을 누리면서 여러 날 머물렀다.
어느 날 이생이 최랑에게 말하였다.
"옛 성인의 말씀에, '어버이가 계시면 나가 놀더라
도 반드시 일정한 곳에 있어야 한다.'고 하였는데

내가 부모님을 떠난 지 사흘이
나 되었소. 부모님께서 기다리
실 테니 이 어찌 아들의 도리
라고 하겠소?"
최랑은 서운하게 여기면서도
고개를 끄덕이고는 담을 넘어

보내 주었다. 이생은 이 뒤부터 저녁마다 최랑을
찾아가지 않는 날이 없었다.

어느 날 저녁에 이생의 아버지가 이생을 꾸짖으며
말하였다.

"네가 아침에 국학에 나갔다가 저녁에 돌아오는 것
은 옛 성인들의 어질고 의로운 가르침을 배우기 위
해서이다. 그런데 요즘에는 저녁에 나갔다가 새벽
에 돌아오니 도대체 어떻게 된 일이냐? 이는 반드
시 경박한 놈들의 나쁜 행실을 배워 남의 아가씨나
엿보고 다니는 것일 게다. 만일 이런 일이 탄로 난
다면 남들은 내가 자식을 엄하게 가르치지 못했다
고 책망할 것이다. 또 그 처녀가 지체 높은 집안의
딸이라면 너의 미친 짓이 그 집안을 더럽히게 되는

것이다. 남의 집에 죄를 지었으니 결코 작은 일이
아니다. 너는 당장 영남으로 내려가서 종들이 짓는
농사나 감독하고 다시는 돌아오지 마라!"
그 이튿날로 이생의 아버지는 이생을 울주로 내려
보냈다.

아무것도 모르는 최랑은 저녁마다
화원에서 이생을 기다렸지만 여러
달이 되어도 돌아오지 않았다. 최
랑은 이생이 병에 걸렸나 생각하
여 몸종 향아를 시켜 그의 이웃들
에게 몰래 물어 보게 하였다.

"이도령은 그 아버지에게 죄를 지어 벌써 여러 달
전에 영남으로 떠났다오."
최랑이 이 소식을 듣고는 그대로 병을 얻어 침상에
누웠다. 엎치락뒤치락하며 일어나지도 못하고 음식
도 먹지 못하였다. 시간이 갈수록 헛소리까지 하며
얼굴이 점점 초췌해졌다.
최랑의 부모가 이상하게 여겨 그 병의 원인을 물었
지만 묵묵히 아무런 말이 없었다. 딸이 쓰는 서랍
속을 들추어보았더니 이생과 예전에 주고받은 시들

이 있었다. 최랑의 부모들이 그제야 놀라서 무릎을 치며 말하였다.

"어이쿠! 우리가 하마터면 딸자식을 잃어버릴 뻔했구려."

부모는 딸에게 물었다.

"이생이라는 사람이 누구냐?"

이렇게 되니 최랑도 더 이상 숨길 수 없어 목구멍에서 겨우 나오는 소리로 부모님께 말씀을 올렸다.

"아버님과 어머님께서 길러 주신 은혜가 깊으니 어찌 사실을 숨기겠습니까? 제가 생각해보니 남녀가 서로 사랑을 느끼는 것은 인정 가운데서도 가장 중요합니다. 그러므로 '결혼할 좋은 시기를 놓치지 말라'는 말은 『시경』의 주남(周南)편에도 나오고, '여자가 정조를 지키지 못하면 흉하다'고 하여 『주역』에서도 경계하였습니다.

저는 절개를 지키지 못하여 사람들에게 비웃음을 받게 되었습니다. 새삼덩굴이 다른 나무에 의지해서 살아가듯이 저는 벌써 창아(娼兒) 같은 짓을 하였으니 저의 죄로 집안에까지 누를 끼치게 되었습니다.

그러나 저 훌륭한 도련님과 한번 정을 통한 뒤부터는 도련님에 대한 원망이 생기게 되었습니다. 얼굴빛이 시드는 것은 생각지 않고 버들처럼 가냘픈 몸으로 괴로움을 참으며 홀로 살아가려니 그리움은 나날이 깊어 가고 아픈 상처는 날로 더해 가서 목숨이 끊어질 지경에 이르렀습니다. 이대로만 간다면 아마도 원한 맺힌 귀신으로 화(化)해 버릴 것 같습니다.

부모님께서 부디 저희들을 맺어주신다면 남은 목숨을 보존하게 되고 이 간절한 청을 거절하신다면 죽음만이 있을 뿐입니다. 저승에서라도 다시 이생을 만날지언정 다른 가문에는 맹세코 오르지 않겠습니다."

그러자 부모도 이미 그의 뜻을 알았으므로 딸을 탓하지 않고 타이르고 달래면서 마음을 누그러뜨려 주었다. 그리고 중매쟁이의 예를 갖추어 이생의 집으로 보냈다.

이생의 아버지는 최씨 집안이 얼마나 번성한지 물어 본 뒤에 말하였다.

"우리 집 아이가 비록 어린 나이에 남의 규수를 엿보았지만 본래는 학문에 정통하고 사람답게 생겼소. 앞으로 장원급제할 것이며 훗날 이름을 세상에 떨칠 것이니 서둘러 혼처를 정하고 싶지 않소."

중매쟁이가 돌아가서 그대로 전하자 최씨가 다시 중매인을 보내어 말하였다.

"주변의 아는 친구들은 모두 그 댁의 영식(令息, 자제)이 재주가 남달리 뛰어나다고 칭찬하였습니다. 아직은 똬리를 틀고 있지만 언제까지 연못 속에 잠겨만 있겠습니까? 빨리 혼사를 정해 두 집안의 즐거움을 이루는 것이 좋겠습니다."

중매쟁이가 돌아가서 이 말을 이생의 아버지에게 전하였더니 이생의 아버지가 말하였다.

"나 역시 젊었을 때부터 책을 잡고 학문을 닦았지만 나이 늙도록 성공하지 못하였소. 종들도 흩어지고 친척의 도움도 적어 생업이 신통치 않고 살림도 궁색해졌소. 그러니 그 댁처럼 문벌 좋고 번성한 집안에서 어찌 한갓 빈한한 집안의 선비를 사위로 삼으려 하시겠소? 이것은 말 만들기 좋아하는 사람들이 우리 집안을 지나치게 칭찬해서 귀한 댁을 속이려는 것일 거요."

중매쟁이가 돌아와서 또 최씨 집안에 전하자 최씨가 이렇게 말하였다.

"예물 드리는 모든 절차와 옷차림은 저희 집에서 갖추겠으니 좋은 날을 가려서 화촉의 시기만 정해 주시면 좋겠습니다."

중매쟁이가 또 돌아가서 이 말을 전하였다.

이씨 집안에서도 이렇게까지 되자 뜻을 돌리고 곧 영남으로 사람을 보내어 이생을 불러다 그의 생각을 물었다. 이생은 기쁨을 이기지 못하여 시 한 수를 지어 최랑에게 보냈다.

깨어진 거울이 다시 어울려 둥글게 되니
만남도 때가 있어
은하수의 까마귀와 까치들이
아름다운 약속을 도와주었네.

이제야 월하노인(月下老人)이
붉은 실을 잡아매었으니
봄바람이 살랑살랑 불더라도
소쩍새를 원망 마소.

최랑은 이생의 시를 보고 답시를 지어 보내고 병도
차츰 나아졌다.

이 인연이 바로
좋은 인연이었던가?
그날의 맹세가
마침내 이루어졌네.
언제쯤이면 님과 함께
작은 수레를 타고 갈까?

아이야, 나를 부축하여 일으켜 다오.
꽃비녀를 손질해야지.

곧바로 좋은 날을 가려
마침내 혼례를 이루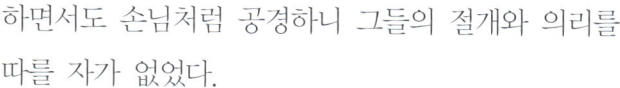
니 끊어졌던 사랑
이 다시 이어지게
되었다. 그들은 부부
가 된 이후에 더욱 사랑
하면서도 손님처럼 공경하니 그들의 절개와 의리를
따를 자가 없었다.

그리고 이듬해에는 이생이 문과에 급제하여 높은
벼슬에 올라 그의 이름이 조정에 널리 알려졌다.

신축년에 불시에 홍건적이 서울을 침략했다. 임금
은 복주(福州)로 피난을 가 버렸다. 도적들은 집을
불태워 없애버렸으며 사람을 죽이고 가축을 잡아먹
었다. 부부와 친척끼리도 서로 보호해주지 못하여
사방으로 달아나 제각기 살길을 찾았다. 이생이 가
족들을 데리고 외진 산골로 숨으려는데 한 도적이

칼을 빼어들고 뒤를 쫓아왔다. 이생은 달아나 가까
스로 목숨을 건졌지만 불행하게도 최랑은 도적에게
사로잡히고 말았다. 도적이 최랑의 정조를 빼앗으
려 하자 최랑이 크게 꾸짖었다.

"창귀 같은 놈아. 나를 죽여라! 내 차라리 죽어서
승냥이와 이리의 밥이 될지언정 어찌 개 돼지 같은
놈의 짝이 되겠느냐?"

도적이 크게 노하여 최랑을 죽이고 살을 도려내었
다.

이생은 거친 들판에 숨어서 겨우 목숨을 보전하다
가 도적이 모두 물러갔다는 소식을 듣고서야 부모
님이 계시던 집을 찾아갔다. 그러나 그 집은 이미
난리 통에 불에 타 없어졌다. 또 최랑의 집에도 가
보았더니 행랑채는 황량하고 쥐와 새들의 울음소리
만 들려왔다.

이생은 슬픔에 못 이겨 눈물을 흘리며 길게 한숨을
쉬었다. 날이 저물도록 우두커니 앉아 지나간 일을

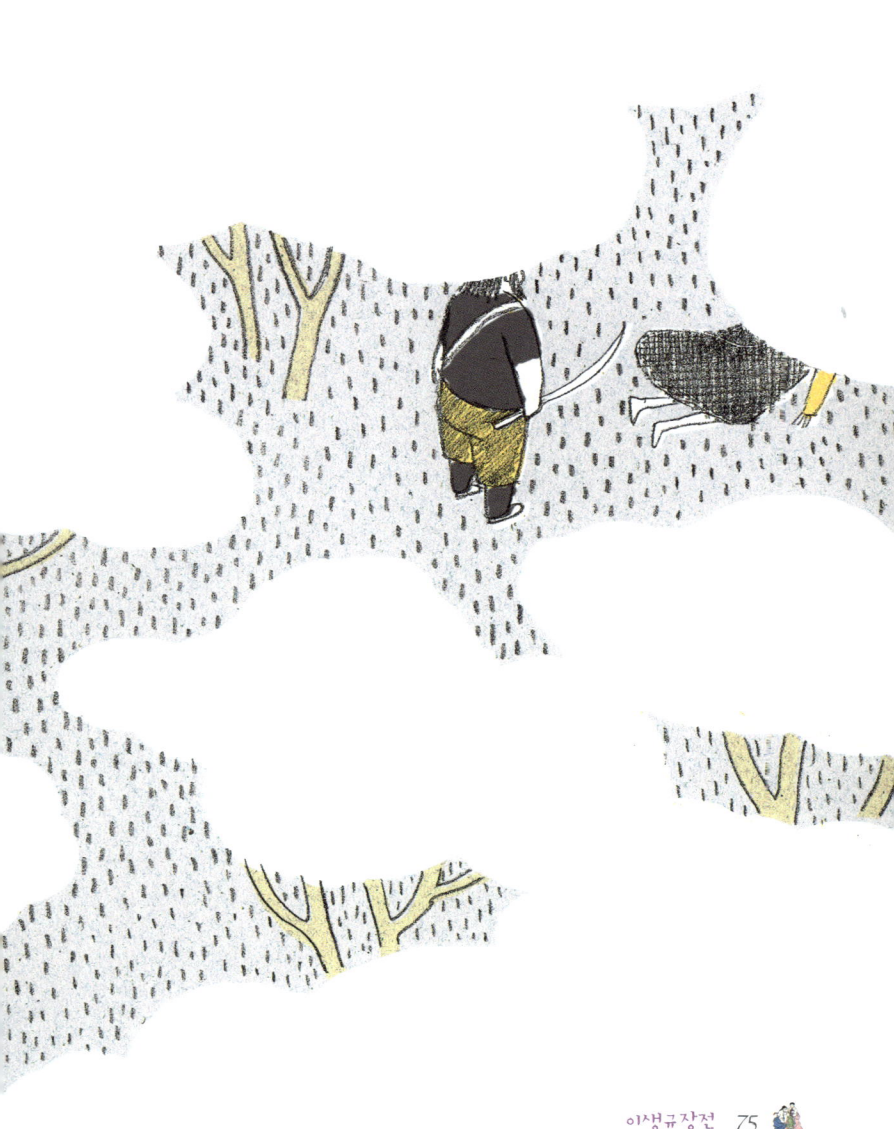

생각해 보니 완연히 한바탕 꿈만 같았다.

이경(二更)쯤 되자 희미한 달빛이 들보를 비추는데 낭하(복도)에서 누군가의 발자국 소리가 들려왔다. 그 소리는 멀리서부터 차츰 가까이 다가왔다. 발자국 소리가 멈추어 살펴보니 최랑이 눈앞에 나타난 것이었다.

이생은 이미 그가 죽은 것을 알고 있었지만, 너무도 사랑하는 마음에 의심하지도 않고 반가이 물어보았다.

"당신은 어디로 피난 가서 목숨을 보전하였소?"

여인이 이생의 손을 잡고 한참을 통곡하더니 곧 그간의 사정을 이야기하였다.

"저는 원래 양가의 딸로서 어릴 때부터 가정의 교훈을 본받아 수놓기와 바느질에 힘썼고 시서(詩書)와 예법을 배웠답니다. 그래서 규방의 법도만 알 뿐이지 그 밖의 일이야 어찌 알겠습니까?

그때 마침 당신이 분홍 살구꽃이 핀 담 안을 엿보았으므로 제가 푸른 바다의 구슬을 바친 거

랍니다. 꽃 앞에서 한번 보고 웃으며 평생의 가약
을 맺었고, 휘장 안에서 다시 만났을 때에는 정이
백년을 넘쳤었지요. 여기까지 말하고 보니 부끄럽
고도 슬퍼서 견딜 수가 없군요.

장차 백년을 함께 하자고 약속하
였는데 뜻밖에 횡액을 만나 험
한 구렁에 빠질 줄이야 어찌
알았겠습니까? 늑대 같은 놈
들에게 끝까지 정조를 잃지는
않았지만 대신 제 몸은 진흙탕
에서 찢겨져 목숨을 잃었답니다.

짐승과 같은 천성 때문에 그렇게 된 것이지 사람이
라면 어떻게 그럴 수 있겠어요?

저는 당신과 외딴 산골에서 헤어진 뒤에 짝 잃은
새가 되었습니다. 집도 없어지고 부모님도 난리 중
에 돌아가셨으니 이 고단한 혼백을 의지할 곳도 없
는 게 한스러웠답니다.

절개는 중요하고 목숨은 가벼우니 쇠잔한 몸뚱이일
망정 치욕을 면한 것을 다행스럽게 여겼지요. 그러
나 마디마디 끊어진 제 마음을 그 누가 불쌍하게

여겨 주겠습니까? 한갓 애끊는 썩은 창자에만 원한
이 맺혀 있을 뿐이지요. 해골은 들판에 내던져지고
간과 쓸개는 땅바닥에 널려졌으니 가만히 생각해
보면 옛날의 즐거움은 오늘의 슬픔을 위해 있었던
것 같습니다.
봄바람이 깊은 골짜기까지 불어오기에 저도 이승으
로 돌아왔지요. 봉래산의 약속이 얽혀 있으니 오랫
동안 뵙지 못한 정을 이제라도 되살려서 예전의 맹
세를 저버리지 않겠습니다. 당신이 지금도 그 맹세

를 잊지 않으셨다면 저도 끝까지 잘 모시고 싶답니다. 당신도 허락하시겠지요?"

이생이 기쁘고도 고마워하며 말하였다.

"그게 애당초 내 소원이오."

그리고 서로 정답게 심정을 털어놓았다. 도적들에게 재산을 얼마나 빼앗겼는지 이야기가 나오자 여인이 말하였다.

"조금도 잃지 않고 어느 산 어느 골짜기에 묻어 두었답니다."

이생이 또 물었다.

"두 집 부모님의 해골을 어디에 모셨소?"

여인이 말하였다.

"어느 곳에다 그냥 두었지요."

정겨운 이야기를 끝낸 뒤 잠자리를 같이 하였는데 지극한 즐거움이 살아 있을 때와 똑같았다.

이튿날 여인은 이생과 함께 어느 산골짜기를 찾아가서는 숨겨진 금과 은 몇 덩어리와 약간의 재물을 모두 찾았다. 그들은 금과 재물을 팔아 양쪽 집 부모님의 해골을 거두어 각각 오관산 기슭에 합장하였다. 나무를 심고 제사를 올려 예절을 모두 차렸다.

그 뒤로 이생은 벼슬을 구하지 않고 최씨와 함께 살게 되었다. 이생은 인간세상의 일을 다 잊어버리고 친척이나 손님들의 길흉사가 있더라도 문을 닫아걸고 문 밖 출입을 하지 않았다. 언제나 최씨와 더불어 시를 지어 주고받으며 금실 좋게 지냈다.
그럭저럭 몇 년이 지난 어느 날 저녁에 여인이 이생에게 말하였다.
"세 번이나 가약을 맺었지만 세상일이 제 뜻대로 되지 않으니 즐거움이 다하기도 전에 또 헤어져야만 하겠어요."
여인이 목메어 울자 이생이 놀라면서 물었다.
"어떻게 그럴 수가 있소?"
여인이 대답하였다.
"저승길은 피할 수가 없습니다. 하느님께서는 저와 당신의 연분이 아직 끊어지지 않았고 또 전생에 아무런 죄도 짓지 않았다면서 이 몸을 환생시켜 주셔서 당신과 잠깐 동안 회포를 풀게 해주었지요. 그러나 인간세상에 머물러 있으면서 살아 있는 사람

을 오랫동안 미혹시킬 수는 없답니다."
그러고는 「옥루춘곡(玉樓春曲)」에 맞추어 노래 한
가락을 지어 부르며 이생에게 술을 권하였다.

칼과 창이 어우러져 싸움이 가득하여
옥구슬이 부서지고 꽃이 떨어지며
원앙도 짝을 잃었네.
흩어진 해골을 그 누가 묻어 줄 것인가.
피에 젖어 떠도는 혼은 하소연할 곳도 없었네.
무산의 선녀가 고당에 한번 내려온 뒤에
깨어진 종(鐘)이 거듭 갈라지니 마음 더욱 쓰라려라.
이번에 작별하면 둘이 서로 멀어질 테니
하늘과 인간세상 사이에 소식마저 막히리라.

노래를 한 마디 부를 때마다 눈물이 흘러내려 거의 곡조를 이루지 못하였다. 이생도 또한 슬픔을 걷잡지 못하며 말하였다.

"내 차라리 당신과 함께 황천으로 갈지언정 어찌 외로이 홀로 남은 생을 보전하겠소? 지난번 난리를 겪고 난 뒤에 친척과 종들이 저마다 흩어지고 돌아가신 부모님의 해골이 들판에 내버려져 있었는데, 당신이 아니었으면 그 누가 장사를 지내 드렸겠소? 옛사람 말씀에 '어버이가 살아 계실 때에는 예로써 섬기고 돌아가신 뒤에는 예로써 장사지내라' 하였는데 이런 일들을 모두 당신이 감당해 주었소. 당신은 정말 천성이 효성스럽고 인정이 두터운 사람이오. 나는 당신에게 고맙기 그지없고 부끄러움을 견디지 못하겠소. 당신도 인간세상에 더 오래 머물다가 후에 나와 함께 흙에 묻혔으면 좋겠구려."

여인이 말하였다.

"당신의 목숨은 아직 남아 있지만 저는 이미 귀신의 명부에 실려 있답니다. 그래서 더 오래 있을 수가 없습니다. 제가 굳이 인간세상에 미련을 가진다면 명부의 법도를 어기게 되니 저에게만 죄가 미치는 게 아니라 당신에게도 누가 미치게 됩니다. 만약 저에게 은혜를 베풀어 주시겠다면 어느 골짜기에 흩어져 있는 저의 유골이나 거두어 비바람을 맞지 않게 해주세요."

두 사람은 서로 바라보며 눈물만 흘렸다.

"낭군님, 부디 안녕히 계십시오."

말이 끝나자 여인의 모습이 차츰 사라지더니 마침내 자취가 없어졌다.

이생은 여인이 말한 곳으로 가서 유골을 찾아내어 부모님의 무덤 곁에다 장사를 지내 주었다.

그 후로 이생은 지나간 일들을 한탄하며 여인을 그리워하다가 그만 병을 얻어 몇 달 만에 세상을 떠나고 말았다.

이 이야기를 들은 사람들마다 가슴이 아파 탄식하며 그들의 아름다운 사랑과 절개를 칭송하지 않는 사람이 없었다.

잠시 후에 회오리바람이 불어오더니

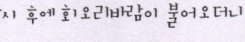

홍생이 앉았던 비단방석도 걷어가 버리고

여인의 시도 날아가 버려

이 시도 또한 어디로 갔는지 알 수가 없었다.

취
유
부
벽
정
기

취유부벽정기 <mark>미리보기</mark>

개성에 사는 부잣집 아들 홍생이 친구들과 함께 대동강에서 뱃놀이를
하다가, 취흥을 이기지 못하여 홀로 부벽정 아래에 이른다. 정자
위에 올라가서 난간을 의지하고 고국의 흥망을 탄식하며 시를 읊다가
삼경(三更)이 되어 돌아가려고 하는데 갑자기 발자국 소리가
들려온다. 홍생은 영명사의 중이 찾아오는가 생각했으나, 뜻밖에도 한
미인이 좌우에 시녀를 거느리고 비단 부채를 들고 나타난다.

그 미인은 은왕의 후예요 기자왕의 딸로서, 부왕이 위만에게 왕위를
빼앗긴 후로 정절을 지켜 죽기를 기다리는데, 신선이 된 선조가
나타나 불사약을 주어 그 약을 먹고 수정궁의 상아가 되었다는
것이다.

홍생이 부벽루에서 그 선녀와 서로 시를 주고받다가, 날이 새자 그
선녀는 공중에 높이 솟아 간 곳이 없고, 홍생은 여인을 잊지 못해
병을 얻는다. 그러던 어느 날 밤 꿈속에 시녀가 나타나 견우성
막하의 종사 벼슬을 명령하며 하루속히 부임하라는 것이었다. 홍생이
깜짝 놀라 깨어 깨끗하게 목욕한 뒤 향을 태우며 자리에 누웠다가
세상을 뜬다.

취유부벽정기 핵심보기

조선 시대 문인 김시습이 지은 한문 소설로 우리나라 최초의 소설이라는 점에서 국문학사상 의의를 지닌다. 작자의 소설집 《금오신화》에 실린 단편 소설 5편 중 하나이다. 중국 명(明)나라 구우의 《전등신화》의 영향을 받은 작품으로, 한 남자 상인과 선녀 사이의 정신적 사랑과 고국에 대한 회고의 정을 담은 애정 소설이다. 구조 유형상 명혼 소설, 또는 시애 소설이라고도 부른다. 평양을 배경으로 역사적 인물을 등장시킴으로써 토속적인 성격 및 역사 의식을 보여주는 작품이다. 수양대군의 단종폐위 사건을 빗대어 표현한 작품으로 해석되고 있다.

醉遊浮碧亭記

평양은 고조선의 서울이었다. 주나라 무왕(武王)이
은나라를 이기고 고조선의 시조인 기자(箕子)를 방
문하자, 기자가 홍범구주(洪範九疇)의 법을 일러주
었다. 무왕은 기자를 신하로 삼지 않고 이 땅에 봉
하였다.

평양의 명승지로는 금수산·봉황대·능라도·기린
굴·조천석·추남허 등이 있는데 모두 명승고적이
며 영명사의 부벽정도 그 가운데 하나이다.

영명사는 고구려 동명왕의 구제궁터이다. 이 절은
성 밖에서 동북쪽으로 이십 리 되는 곳에 있는데
넓은 강을 내려다보고 멀리 펼쳐진 평원을 바라보
면 아득하여 참으로 좋은 경치였다.

그림을 그리는 놀잇배와
장사하는 배들은 날이
저물 무렵 대동문
밖의 경치 좋기로
유명한 버들 숲

우거진 낚시터에 닿아 잠시라도 머물렀다. 배 안의
사람들이 모두 나와서는 영명사와 부벽정을 구경하
며 실컷 즐기다가 돌아가곤 하였다.

부벽정 남쪽에는 돌을 다듬어 만든 계단이 있었다.
왼편에는 청운제, 오른편에는 백운제라고 돌에다
글자를 새겨 화주(華柱)를 세워 놓았으므로 호사가
들이 구경하기가 좋았다.

천순(天順, 명나라 연호) 초년, 개성에 홍생이라는
부자가 있었다. 그는 나이도 젊고 얼굴도 잘 생긴
데다 풍도가 있었으며 글도 잘 지었다.
한가윗날을 맞아 그는 친구들과 함께 평양에 배를
타고 와서 잠시 머물기로 하였다. 홍생이 배를 강
가에 대자 성 안의 이름난 기생들이 모두 성문 밖
으로 나와서 홍생에게 추파를 던졌다.

성 안에 사는 친구가 잔치를 베풀어 홍생을 환영하였다. 홍생은 술에 취하여 배로 돌아가기는 했지만 밤바람이 서늘하고 잠도 오지 않은데다 문득 당나라 시인 장계가 지은 「풍교야박(楓橋夜泊)」이라는 시가 생각났다. 그래서 흥취가 다하면 돌아가리라 생각하고 달빛을 싣고 노를 저어 올라가다보니 부벽정 아래였다.

홍생은 배의 밧줄을 갈대숲에 매어 두고 돌계단을 올라갔다.

달빛은 바다처럼 넓게 비치고 강 물결은 흰 비단처럼 아름다웠다. 기러기는 모래밭에서 노닐고 학은 소나무의 이슬방울에 놀라 푸드덕거린다. 마치 하늘의 옥황상제가 계신 곳처럼 기상이 꿋꿋하였다.

한편 옛 서울을 돌아보니 하얀 성가퀴(성의 낮은 담)에는 밤안개가 끼어 있고, 외로운 성 아래에는 강 물결만 부딪칠 뿐이었다. 맥수은허(麥秀殷墟, 은나라

옛터에 보리만 우거진 것을 한탄함)의 탄식이 저절로
나와 이내 시 여섯 수를 지어 읊었다.

부벽정에 올라와 흥취를 못 견디고 시를 읊으니
흐느끼는 듯한 강물 소리가 애끊는 심정이라.
용과 호랑이 같던 나라의 기상은 이미 없어졌지만
황폐해진 성은 지금도 봉황 모습 그대로이네.
모래밭의 밝은 달빛에 기러기는 갈 길을 잃고
풀밭에는 안개가 걷히고 반딧불만 날고 있네.
세상의 사람이 바뀌고 보니 풍경마저 쓸쓸해져
한산사 깊은 곳에서 종소리만 들려오네.

임금이 계시던 궁궐에는 가을 낙엽만 흩어지고
돌계단은 안개가 서리어 눈앞이 아득해라.
옛 청루에는 냉이 풀만 우거졌는데
담 넘어의 흐릿한 달을 보며 까마귀가 우짖네.
풍류로웠던 옛 일은 먼지가 되었고
적막하고 빈 궁성엔 찔레만 덮였구나.
오직 강물만이 옛날 그대로 흐느끼며
도도히 흘러서 바다로 향하는구나.

대동강의 물결은 쪽빛보다도 더 푸른데
천고 흥망을 한탄하면 무엇 하나.
오래 된 우물에는 물이 말라 담쟁이만 드리웠고
돌계단에는 이끼가 끼고 버들만 늘어졌네.
타향의 풍월(風月)을 천 수(千首)나 읊고 보니
고국의 정회(情懷)에 술이 더욱 취하여라.
달빛이 난간에 비쳐 잠도 오지 않는데
밤이 깊어가며 계화 향기가 살며시 흐르네.

한가위라 달빛은 밝기만 한데
쓸쓸한 옛 성은 바라볼수록 서글퍼.
기자묘(箕子廟) 뜰에는 고목이 늙어 있고
단군사(檀君祠) 담에는 담쟁이가 얽혀 있네.

적막한 이곳에 영웅은 어디에 있는가!
풀과 나무만 남아 있으니 몇 해나 지났는지.
오직 둥근 달만 그대로 남아 있어
밝은 달빛이 내 옷깃을 비추네.

뒷동산에 달이 뜨니 까마귀 까치가 흩어져 날고
밤이 깊어져 찬 이슬이 나의 옷을 적시네.
문물은 천년이라 옛 모습이 남지 않건만
만고강산(萬古江山)에도 성곽은 허물어졌네.
하늘에 오른 성제(聖帝)는 돌아오지 않으시니
인간에게 남긴 이야기를 무엇으로 증명하랴.
황금수레와 천리를 달리는 기린마도
이제는 자취도 없어
수레가 다니는 길에는 풀이 우거지고
스님만이 홀로 가네.

찬 이슬이 내리면 뜰의 꽃과 풀들이 다 시드는데
청운교와 백운교는 마주보고 서 있구나.
수나라 대군의 넋들이 여울에서 울어대니
임금의 정령은 가을 벌레 되었던가.
큰 길에는 안개만 낀 채 수레 소리도 끊어졌는데
소나무 우거진 별궁(別宮)에는
저녁 종소리가 들리네.
누각에 올라 시를 읊어도
누가 나와 함께 즐길 건가.
달 밝고 바람도 맑아
시흥(詩興)이 멈추지 않네.

홍생은 시 한 구절을 읊을 때마다 일어나 그 자리
에서 춤을 추었다. 뱃전을 두드리고 퉁소를 불며
서로 화답하는 그러한 즐거움은 없었지만 마음이
벅차오르고 가슴이 뭉클하였다. 그가 지은 시는 깊
은 물 구렁에 잠긴 용도 따라 춤추게 할 정도였고
외로운 과부도 울릴 정도였다.
시흥이 다하여 돌아오려고 하니 벌써 밤이 깊어 삼
경이나 되었다. 이때 어디선가 발자국 소리가 들려

왔다. 홍생이 생각하기를,

'절의 스님이 시 읊는 소리를 듣고 오는 것이겠지.'

하며 앉아서 스님이 오기를 기다렸다.

그런데 조금 후에 나타난 사람은 아름다운 한 여인이었다. 두 시녀가 양쪽에서 모셨는데 한 시녀는 옥자루가 달린 불자(拂子, 번뇌를 물리치는 표지)를 잡고 한 시녀는 비단 부채를 들고 있었다. 여인은 위엄이 있고 단정하여 귀족 집 처녀 같았다.

홍생은 뜰 아래의 담 틈으로 비켜서서 여인의 모습을 살펴보았다. 여인은 남쪽 난간에 기대어 서서 달빛을 바라보며 시를 읊었는데 풍류와 몸가짐이 의젓하고 점잖아 법도가 있어 보였다. 시녀가 비단 방석을 펴자 여인이 자리에 앉아 낭랑한 소리로 말하였다.

"방금 여기서 누군가 시를 읊었는데 어디에 계신지요? 나는 꽃이나 달의 요정도 아니고 연꽃 위를 거닌다는 주희도 아닙니다. 오늘처럼 아름다운 밤에 다행히 만리장공 넓은 하늘에는 구름도 걷히었네요. 달은 높고 은하수는 맑은데다 계수나무 열매는 떨어지고 백옥루(白玉樓, 천상의 누각)는 서늘하니 한잔의 술과 시 한 수로 그윽한 심정을 즐거이 풀어 볼까 합니다. 이렇게 좋은 밤을 어떻게 그냥 보내겠습니까?"

홍생이 처음엔 두려웠지만 그 말을 들으니 한편으로는 설레기도 하였다. 어떻게 할까 머뭇거리다 기침소리를 내었다. 시녀가 소리를 듣고 찾아와서 청하였다.

"저희 아가씨께서 모시고 오라 하셨습니다."

홍생이 조심스럽게 나아가서 절하였다. 여인도 어려워하지 않으며 말하였다.

"그대도 이리 올라오십시오."

시녀가 낮은 병풍으로 잠깐 앞을 가리는 틈에 그들은 얼굴을 살짝 보았다. 여인이 조용히 물었다.

"그대가 조금 전에 읊은 시는 무슨 뜻인지요? 나에게 말씀해 주십시오."

홍생이 아까 읊었던 시를 하나하나 설명해 주자 여

인이 웃으며 말하였다.

"그대는 나와 함께 시를 논할 만하군요."

여인이 홍생에게 술을 한차례 권하였는데 차려 놓은 음식이 인간세상의 것과 같지 않았다. 음식들이 굳고 딱딱하여 먹을 수가 없었고 술맛 또한 써서 마실 수가 없었다. 여인이 웃으면서 말하였다.

"인간세상의 선비가 백옥례(선인이 마시는 술)와 홍

규포(용고기로 만든 육포)를 어떻게 알겠습니까?"
여인이 시녀에게 명하였다.
"신호사에 가서 절밥을 조금만 얻어 오너라."
 홍생이 음식을 먹는 동안 여인은 화답하는 시를
지었다. 향기로운 종이에 시를 써서 시녀로 하여금
홍생에게 주도록 하였다.

오늘 밤에는 부벽정의 달빛이 더욱 밝은데
나누는 이야기에 감회(感懷)가 어떻던가?
어렴풋한 나무의 빛은 일산(日傘)처럼 펼쳐졌고
넘치는 저 강물 빛은 비단치마를 둘렀네.
시간은 날아가는 새처럼 어느새 지나가고
세상 일도 자주 변해 흘러가는 강물 같아라.
오늘 밤의 정회(情懷)를 그 누가 알아줄까
깊은 숲속에서 종소리만 이따금 들려오네.

옛 성에 올라와 보니
대동강이 어디쯤인가.
푸른 물결과 밝은 모래밭 위로
기러기 떼가 울며 날아가네.
기린마가 끄는 수레는 안 오고
님도 벌써 가셨으니
봉피리 소리 끊어지고 무덤만 남아 있구나.
맑게 갠 산에 비가 오려나, 시는 벌써 지었는데
절에는 아무도 없고 나 혼자 술에 취하였네.

숲속의 황폐한 동타(銅駝)를 내 차마 보지 못하니
천년의 흔적이 뜬구름 같아라.
풀뿌리가 차가워져 쓰르라미 울어대네.
정자에 올라와 보니 생각마저 아득하여라.
비가 그치고 구름이 흐르니 지나간 일이 가슴 아픈데
떨어진 꽃과 흘러가는 물에 세월이 느껴지네.
가을철의 밀물소리 더욱 비장한데
물에 잠긴 저 누각엔 달빛마저 처량하다.
그 옛날엔 문물(文物)이 번성했었지
황폐한 성에 남아 있는 고목이 남의 애를 끊는구나.

금수산 언덕에는 나뭇잎들이 비단처럼 쌓여 있고
길가의 단풍들이 옛 성을 지켜주네.
어디선가 또닥또닥 다듬이 소리가 들려오고
뱃노래 가락에 고깃배가 돌아오네.
바위 옆의 고목에는 담쟁이가 얽혀 있고
풀 속의 숨은 비석에는 이끼가 끼었구나.
말없이 난간에 기대어 지난 일을 돌아보니

달빛과 파도 소리가 슬프기만 하여라.

별들이 드문드문 하늘에 반짝이는데
은하수가 맑아 달빛이 더욱 밝았구나.
이제야 알았으나 다 허사로다.
저승에서 만나기 어려우니 이승에서 만나 보네.
한잔 술로 취해 본들 어떠하리.
이 힘든 세상에 삼척검을 마음에다 둘 것인가?
만고의 영웅들도 먼지가 되었으니
죽은 뒤에는 이름만 남는구나.

오늘의 이 아름다운 밤은 이미 깊어 가고
성 위에 걸린 달이 이제는 지고 있네.
지금부터 그대는 세속을 벗어났으니
나와 함께 즐거움을 누려 보세.
강물의 누각에는 사람들이 흩어지고
뜰 앞의 풀잎에는 찬 이슬이 내리네.
이후 다시 만날 때를 알고 싶다니
봉래산에 복숭아 익고 푸른 바다가 마를 때라네.

홍생은 시를 보고 감탄하였다. 그러면서 여인이 간다고 할까봐 이야기를 나누며 잠시라도 붙잡으려고 하였다.

"송구스럽지만 당신이 누구인지 알고 싶습니다."
여인이 한숨을 쉬더니 대답하였다.

"나는 은나라 임금의 후손으로 기씨의 딸이랍니다. 나의 선조인 기자(箕子) 께서  이 땅에 봉해지자 탕왕의 가르침에 따라 예법과 정치제도를 실천하였고 팔조(八條)의 금법(禁法)으로써 백성을 다스렸으므로 문물이 천년 동안이나 빛나게 되었지요.

그러다 갑자기 나라의 운명이 곤경에 빠지고 환난이 닥쳐와 나의 선친인 준왕께서 필부(匹夫)의 손에 당하여 종묘사직을 잃고 말았습니다. 위만(衛滿)이 이 틈을 타 보위(寶位)를 훔쳐 결국 우리 조선의 왕업은 끊어지고 말았습니다.

나는 환난을 당하여 절개를 굳게 지키기로 다짐하

고 죽기만을 기다리고 있는데, 홀연히 한 신인(神人)이 나타나 나를 위로하며 말씀하셨습니다.

'나는 이 나라의 시조이다. 나라를 잘 다스린 후에 바다 섬에 들어가 죽지 않는 선인(仙人)이 된 지가 벌써 수천 년이나 되었다. 너도 나를 따라 하늘나라 궁궐에 올라가 선인이 되는 것이 어떻겠느냐?'

내가 응낙하자 그분이 나를 데리고 가서는 나를 위해 별당을 지어 머물게 하고 현주의 불사약을 주셨지요. 그 약을 먹자 불현듯 몸이 가벼워지고 기운이 건강해지더니 날개가 달려 신선이 된 것 같았답니다. 그때부터 천지 사방을 오가며 천상세계와 같은 복지(福地)를 찾아 십주(十洲)와 삼도(三島)를 가보지 않은 곳이 없었습니다.

하루는 가을 하늘이 활짝 개고 하늘이 맑은 데다 달빛이 물처럼 맑았어요. 달을 쳐다보니 갑자기 먼 곳으로 가보고 싶은 생각이 들었습니다. 그래서 달나라까지 올라가서 광한청허지부에 들어가 수정궁의 항아를 방문하였더니 나더러 절개가 곧고 글을 잘 짓는다고 칭찬하면서 이렇게 달랬습니다.

'인간세상의 선경을 복지(福地)라고는 하지만 그래

도 풍진의 험한 세상이다. 달나라에 올라와 흰 난
새를 타고 계수나무 아래 맑은 향내를 맡으며, 푸
른 하늘의 달빛을 띠고 옥경(玉京)에서 즐겁게 놀거
나 은하수에서 목욕하는 것보다 낫겠느냐?'
그리고 나를 향로 받드는 시녀로 삼아 자기 곁에
있도록 하여 주었는데 그 즐거움은 이루 다 말할
수 없었답니다.
그러다가 오늘은 갑자기 고
국 생각이 나서 인간세
상의 고향땅을 굽어보
았습니다. 산천은 그
대로지만 사람들이
달라졌고 밝은 달빛이
연기와 먼지들을 가려
주었으며 맑은 이슬이 대지를
깨끗이 씻어 놓았기에, 옥경을 뒤로 하고 잠깐 내
려와 보았습니다.
우선 조상님의 산소에 절하고 부벽정을 구경하면서
회포를 풀어볼까 해서 이리로 왔는데, 마침 글 잘
하는 선비를 만나고 보니 기쁘면서도 한편 부끄럽

습니다. 더군다나 그대의 뛰어난 시에 저의 어리석
고 아둔한 붓을 펼쳐 화답하였으나 회포를 대강 표
했을 뿐 감히 시라고 할 수도 없습니다."

홍생이 머리를 조아리며 말하였다.

"하늘 아래 세상의 어리석은 사람이야 초목과 함께
썩는 것이 마땅합니다. 그런데 이 나라의 왕손이신
선녀를 모시고 시를 주고받게 될 줄이야 짐작이나
하였겠습니까?"

홍생은 한번 읽어 본 시는 기억하므로 다시 청하여
말하였다.

"어리석은 이 사람은 전생에 지은 죄가 커서 신선
의 음식을 먹을 수 없습니다만 다행히 글자는 대강
알고 있습니다. 그래서 선녀께서 지으신 시도 조금
은 이해하였는데 참으로 놀랍습니다. 시에서 사미
(四美)를 갖추기가 힘든데 네 가지가 다 있으니, 이
번에는 「강정추야완월(江亭秋夜玩月)」로 제목을 삼
아 시를 지어 저를 가르쳐 주십시오."

여인이 고개를 끄덕이고는 붓을 적셔 한번에 죽 내
리썼다. 구름과 안개가 서로 얽힌 듯한 장관이었다.

부벽정의 밝은 달밤에
하늘에서 맑은 이슬이 내렸네.
깨끗한 빛은 은하수에 빛나고
차가운 기운은 오동잎에 서리네.
눈부시게 깨끗한 삼천리에
천상의 십이루(十二樓)가 아름다워라.
새털구름에는 반 점 티끌도 없는데
가벼운 미풍이 눈앞을 스치네.
넘실넘실 넘치며 흘러가는 강물에
아물아물 멀리 떠나는 배를 보네.
배 안에서 창 틈으로 엿보니
갈대꽃이 물가를 지키고
슬픈 애상곡이 들리는구나.
옥도끼로 다듬고

진주조개로 집을 지어
염부주에 바치는구나.
도술을 써 장마에도 달을 구경하는 지미(知微)와
당나라 도사 나공원을 따르며 놀아 보세나.
달빛이 차가워 위나라 까치가 놀라고
무더운 오나라의 소는 달그림자만 보고도 더워하네.
은은한 달빛이 푸른 산을 아늑하게 덮고
둥근 달은 푸른 바다 위에 있는데,
그대와 함께 창을 열어젖히고
흥에 겨워 주렴을 걷어 올리네.
이태백은 술잔을 들어 달에게 묻고
오생(吳生)은 벌을 받아 달 속의 계수나무를 찍었지.
흰 병풍의 빛깔도 찬란한데
아로새긴 채색 휘장이 쳐져 있네.

보배거울을 닦아 잘 걸어 두니
얼음 바퀴 굴러 멈추지 않네.

금물결은 어쩌면 그리도 아름다우며
은하수는 어쩌면 그리도 유장(悠長, 길고 느림)한지,
요사스런 두꺼비는 칼을 뽑아 없애고
교활한 옥토끼는 그물을 펼쳐 잡아 보세.
하늘에는 비가 개고
돌길에는 맑은 연기가 걷혔는데,
난간은 숲 사이에 솟았고
섬돌에선 만길 못을 굽어보네.
머나먼 곳에서 그 누가 길을 잃었나.
다행히도 고향 나라 옛 친구를 만났네.
복사꽃과 오얏꽃을 서로 주고받고

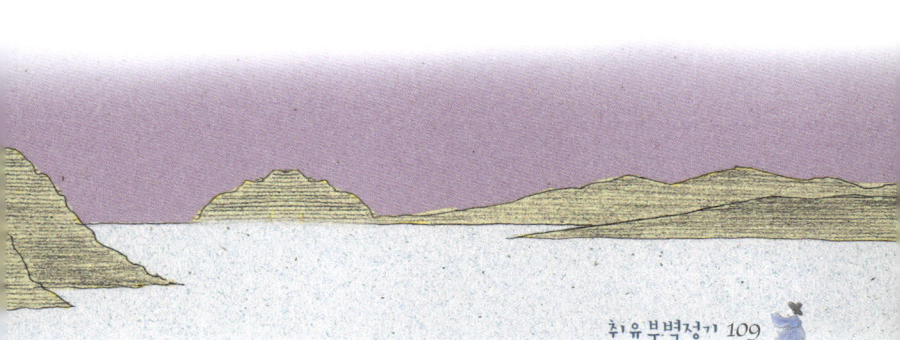

잔에 가득 부어 술도 주고받았네.
양초에 금을 그어 타는 동안 시를 짓고
산가지를 더하여 술잔 수를 늘리며
취하도록 마셔 보세.
화로 속에선 숯불이 튀고
노구솥에선 보글보글 거품이 이네.
오리 향로에선 용연향(龍涎香)이 풍겨 오고
커다란 잔 속에는 술이 가득해라.
외로운 소나무 가지에서는 학이 울고
담 밑에선 귀뚜라미가 우는구나.
호상(胡床)에서는 은호와 유량이 이야기하고
진저(晉渚)에서는 사령운이 혜원과 노닐었었지.
옛날의 황폐해진 성터에
쓸쓸하게 풀과 나무들만 우거져,

단풍잎은 하늘하늘 떨어지고
누런 갈대는 차갑게 사각거리네.
선경이라 하늘과 땅이 넓기만 한데
티끌 세상엔 세월도 빠르구나.

옛 성 안에는 벼와 기장이 여물었고
사당에는 가래나무와 뽕나무가 늘어졌네.
남은 흔적은 빗돌뿐인가.
흥망성쇠를 갈매기에게 물어보리라.
달님은 기울었다가 다시 차오르니
인생이란 달님과 같아라.
옛 궁궐은 적막한 절간이 되고
위엄 있던 임금들은 이미 세상을 떠났네.
반짝이는 반딧불이 휘장에 가려 사라지자

도깨비불이 깊은 숲속에 나타나네.
지난 일 생각하면 눈물만 떨어지고
오늘을 생각하면 시름에 겨우니,
단군의 옛 터는 목멱산에만 겨우 남았고
기자의 서울도 실개천만 남았네.
굴 속에는 동명왕이 탔던 기린마 흔적이 있고
들판에는 숙신의 화살촉만 남아 있는데,
선녀 난향(蘭香)이 자부로 돌아가니
직녀마저 용을 타고 떠나가네.
글 짓는 선비는 붓을 놓고
선녀도 공후의 연주를 멈추었네.
노래가 그치고 사람들이 사라지니
고요한 강물에 노 젓는 소리만 들려오네.

여인은 시를 다 쓴 다음에 하늘로 높이 솟아오르
더니 어디로 사라졌는지 알 수가 없었다. 여인은
돌아가면서 시녀를 시켜 홍생에게 말을 전하게 하
였다.
"옥황상제의 명이 엄하셔서 이제 나는 흰 난새를
타고 돌아가겠습니다. 많은 이야기를 다 나누지 못

했기에 정말 아쉽습니다."

잠시 후에 회오리바람이 불어오더니 홍생이 앉았던 비단 방석도 걷어가 버리고 여인의 시도 날아가 버려 이 시도 또한 어디로 갔는지 알 수가 없었다. 신비스러운 이 이야기를 인간세상에 퍼뜨리지 못하게 하려는 것 같았다.

홍생은 오늘 밤의 일을 가만히 생각해 보았지만 꿈인지 생시인지 구별이 되지 않았다. 난간에 앉아 정신을 모으고 여인과 나누었던 말들을 빠짐없이 기록하였다. 기이한 만남이었지만 가슴속에 담긴 이야기를 하지 못한 것이 서운하여 조금 전의 일들을 회상하면서 시를 읊었다.

양대에서 꿈결처럼 님을 만났었네.
언제나 옥피리 불며 다시 돌아오시려나.
대동강의 푸른 물결은 비록 무정하나
님이 떠난 곳으로 슬피 흘러 가는구나.

사방을 둘러보니 산속의 절에서는 종이 울리고 강
가 마을에서는 닭이 우는데 달은 성의 서쪽으로 기
울며 샛별이 반짝이고 있었다. 방금 전에 여인과
시를 노래하던 뜰에서는 가을 벌레소리만 들릴 뿐
이었다.

홍생은 쓸쓸하고도 슬픈
마음에 저절로 숙연해졌
다. 서글픈 마음에 더
이상 그 자리에 머물러
있을 수가 없어 강가로
돌아왔는데도 우울하고
답답하였다.

어제 친구들과 놀던 강가의 언덕으로 갔더니 친구
들이 다투어 물었다.

"어제 저녁에는 어디서 자고 왔는가?"

홍생은 꾸며내어 말하였다.

"어젯밤에는 낚싯대를 메고 장경문 밖 조천석 기슭까지 가서 물고기를 낚으려고 하였지. 그런데 마침 밤 날씨가 서늘해져서 강물이 차가워 붕어 한 마리도 낚지 못하였다네. 얼마나 안타까웠던지……."

친구들은 홍생을 의심하지 않았다.

그 뒤 홍생은 집으로 돌아왔다. 그렇지만 그 여인을 연모하다 병을 얻어 몸은 쇠약해지고 정신은 흐려져 헛소리가 많아졌다. 병상에 누운 지 오래되었으나 조금도 차도가 없었다.

그러던 어느 날 홍생의 꿈에 엷게 단장한 미인이 나타나서 말하였다.

"우리 아가씨께서 선비님의 이야기를 옥황상제께 말씀드렸더니 상제께서 선비님의 재주를 사랑하시어 견우성 막하의 종사관으로 삼으셨습니다. 옥황상제께서 선비님께 명하셨으니 명을 따르시지요."

홍생은 깜짝 놀라서 꿈을 깨었다.

곰곰이 꿈을 되새겨 보고
는 인간세상을 떠날
준비를 하였다. 집안
하인들을 시켜서 자
기 몸을 목욕시키고
옷을 갈아입히게 하였

다. 마당을 깨끗하게 한 뒤에
향을 태우고 뜰에 자리를 펴게 하였다. 그는 자리
에서 턱을 괴고 잠깐 누웠다가 문득 세상을 떠났는
데 바로 구월 보름날이었다.

그의 시신을 빈소에 모셨는데 며칠이 지나도 얼굴
빛이 변하지 않았다.

사람들은 그가 신선을 만나서 시해(尸解, 혼백이 빠
져 나가 신선이 됨)된 것이라고 말하였다.

깜짝 놀라서 일어나니 한바탕 꿈이었다.

눈을 들어 보니 책은 책상 위에 내던져 있었고
등잔불은 꺼질 듯 가물거리고 있었었다.

박생이 한참을 꿈에 대해
의아하게 생각하다가

곧 세상을 떠날 것을 깨닫게 되었다.

남염부주지

남염부주지 미리보기

경주에 사는 박생(朴生)은 유학(儒學)으로 대성하겠다는 포부를 지니고 열심히 공부했으나 과거에 실패한다. 그러나 세상의 이치는 하나뿐이라는 내용의 철학 논문인 《일리론》을 쓰면서 자신의 뜻을 더욱 확고하게 다진다. 하루는 박생이 주역을 읽다가 잠깐 조는 사이에 저승사자에게 인도되어 염부주라는 별세계에 이르러 염왕(閻王)과 사상적인 담론을 벌인다. 그는 염왕과 유교·불교·미신·우주·정치 등 다방면에 걸친 문답을 통해 자신의 지식이 타당한 것임을 재확인한다. 꿈을 깬 박생은 그로부터 몇 달 뒤 병이 들어 죽은 다음 염부주를 다스리는 염라대왕이 된다.

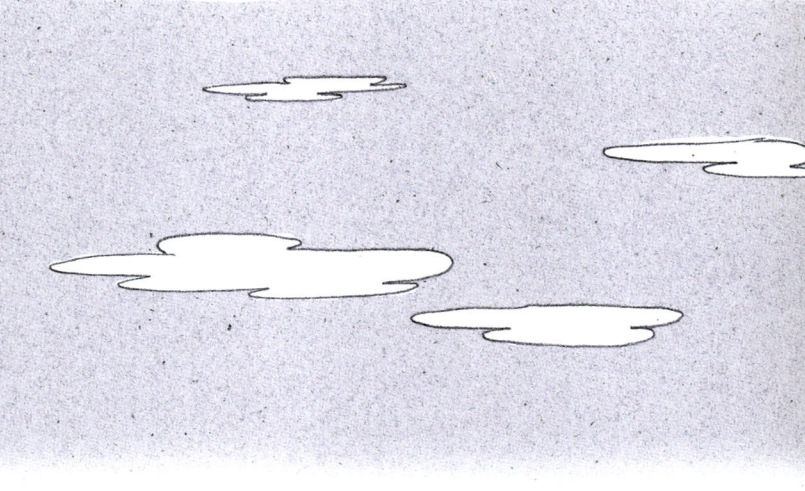

남염부주지 핵심보기

조선 시대 생육신(生六臣)의 한 사람인 매월당 김시습이 지은 고대 소설. 한국 최초의 한문 단편 소설 가운데 하나로 다른 4편과 함께 작자의 소설집 《금오신화》에 실려 있다. 수양대군의 왕위 찬탈에 통분하여 경주 금오산에 은거할 때 지었다. 주인공이 꿈속에서 겪은 일을 중심으로 내용이 전개되는 몽유 구조의 소설로, 작자의 철학 사상이 가장 집약적으로 표현되어 있는 작품이다.

南炎浮洲志

성화(成化, 명나라 연호) 초년, 경주에 박생이라는 사람이 있었다. 그는 명나라 유학을 목표로 자신을 격려하며 일찍부터 태학관(太學館)에서 열심히 공부하였지만 한번도 시험에 합격하지는 못하였다. 그래서 언제나 불쾌한 감정을 품고 지냈다.

그는 뜻과 기상이 고매(高邁)하여 어떠한 세력에도 굽히지 않았으므로 남들은 그를 볼 때 거만하다고 생각하였다. 그러나 직접 만나서 이야기할 때에는 온순하고 순박하였기 때문에 그를 잘 아는 마을 사람들은 모두 칭찬하였다.

박생은 일찍부터 부도(浮圖, 불교), 무격, 귀신 등의 이야기에 대하여 의심을 품고 있었지만 어떤 결론을 내리지는 못하고 있었다. 그러
다가 『중용』과 『주역』을 읽은 뒤
부터는 자신의 생각에 대하여 확
신을 가지고 더 이상 의문을 품
지 않게 되었다.

그러나 그의 성품이 순박하고
온후하였으므로 스님들과도 잘
사귀었는데, 당송시대의 문인 한
유와 승려 태전의 사이나 문인 유종원과 승려 손상
인과의 사이처럼 가까운 이들도 두세 사람 있었다.
스님들도 또한 그를 문사로서 사귀었다. 혜원스님
이 종병, 뇌차종 같은 현인들과 사귀었던 것처럼
지둔스님이 왕탄지, 사안 같은 문인들과 사귀었던
것처럼 막역한 벗이 많았다.

어느 날 박생은 스님과 천당과 지옥에 대하여 얘기
하다가 다른 의문이 생겨서 물었다.

"하늘과 땅에는 하나의 음과 양이 있을 뿐인데, 어
찌 이 하늘과 땅 외에 또 다른 하늘과 땅이 있겠습
니까? 그것은 잘못된 논리입니다."

그가 물었더니 스님도 역시 결정적으로 대답하지는

못하였다. '죄와 복은 지은 데 따라서 응보가 있다.'는 논리로만 대답하였다. 박생은 이번에도 마음속으로는 받아들이지 못하였다.

박생은 전에 「일리론(一理論)」이란 논문을 지은 적이 있는데, 이는 이단인 불교의 유혹에 빠지지 않기 위해서였다. 그 대략은 이렇다.

내가 일찍이 옛 사람의 말을 들으니, '천하의 이치는 한가지다.'라고 하였다.

'한가지'란 무엇을 말하는가? '천성'이다. '천성'이란 무엇을 말하는가? '하늘로부터 주어진 것'이다.

하늘이 음양과 오행의 법칙으로 만물을 만들었을 때에 기(氣)로써 형체를 이루었는데, 이도 또한 타고난 것이다.

이치(理致)라고 하는 것은 사물에 있어서 각각의 논리를 가지는 것이다. 예를 들면 아버지와 아들 사이에는 사랑이 있어야 하고, 임금과 신하 사이에는 의리가 있어야 하며, 남편과 아내 그리고 어른과 아이 사이에도 각기 당연히 해야 할 길이 있음을 말하였다. 이것이 바로 '도(道)'이다. 우리 마음속

에 이미 이치가 갖추어져 있는 것이다. 이 이치를 따르게 되면 불안하지 않지만 이 이치를 거스르고 천성을 어긴다면 재앙이 미치게 될 것이다. 이치를 탐구하고 본성을 극진하게 한다는 궁리진성(窮理盡性)과 사물의 이치를 연구하여 앎을 확충한다는 격물치지(格物致知)는 둘 다 이치를 연구하는 일이다.

사람은 태어날 때부터 마음을 가졌으며 또한 천성을 갖추고 있다. 사물도 마찬가지로 이 이치가 있다. 잡된 생각이 없는 마음으로써 천성의 자연을 따라 만물의 이치를 연구하고 모든 일마다 근원을 추구하여 극치에 이르게 된다면, 천하의 이치가 분명해질 것이며 이치의 지극함이 마음속에 나타날 것이다.

이런 식으로 사물을 진지하게 추구하여 본다면 천하와 나라에서 일어나는 일들이 모두 여기에 포괄되고 해당될 것이니 천지간의 일에 참여하더라도 어긋남이 없을 것이다. 또 귀신과 문답이 있더라도 미혹되지 않을 것이며, 오랜 시간이 지나더라도 사라지지 않을 것이다.

유학자가 할 일은 오직 이것에서 그칠 뿐이다. 천하에 어찌 두 가지의 이치가 있을 수 있겠는가? 저 이단(불교)의 말을 나는 믿지 않는다.

어느 날 박생이 자기 서실에서 등불을 돋우고 『주역』을 읽다가 베개를 괴고 언뜻 잠이 들었다.

홀연히 어느 곳에 이르렀는데 그곳은 바로 바닷속의 섬이었다. 그 땅에는 풀이나 나무도 없고 모래나 자갈도 없었다. 발에 밟히는 것

이라고는 모두 구리 아니면 쇠였다. 낮에는 뜨거운 불길이 하늘까지 뻗쳐 땅덩이가 녹아내리는 듯하였고, 밤에는 매서운 바람이 사람의 살과 뼈를 에이는 듯하여 백성들이 견딜 수가 없었다.

바닷가에는 쇠로 된 벼랑이 성처럼 둘러싸여 있었

는데 굳게 닫힌 성문이 높다랗게 서 있었다. 성문을 지키는 수문장은 물어뜯을 것 같은 험악한 표정으로 창과 쇠몽둥이를 쥐고 외물(外物)을 막고 서 있었다.

그 성에 사는 백성들은 모두 쇠로 지은 집에 살고 있었는데, 낮에는 살갗이 불에 데어서 문드러지고 밤에는 그것이 얼어 터졌다. 오직 아침과 저녁 무렵에만 사람들이 움직이며 꿈틀거리고 웃으며 말하는 것 같았다. 그렇다고 해서 그들이 심하게 괴로워하는 것 같지는 않았다.

박생이 눈앞에 나타난 갑작스런 모습들에 너무 놀라서 머뭇거리자 수문장이 그를 불렀다. 박생은 당황하였지만 공손하게 다가갔다. 수문장이 창을 높이 세우고 박생에게 물었다.

"그대는 어떤 사람이오?"

박생이 두려워하면서 대답하였다.

"저는 아무 나라에 사는 박생이라는 사람으로 세상 물정을 모르는 선비입니다. 감히 영관(靈官)을 엿보았으니 죄를 받는 것이 당연하지만 제발 너그럽게 용서하여 주십시오."

박생이 엎드려 절하며 사죄하자 수문장이 말하였다.
"선비는 위협을 당하여도 굽히지 않는다고 했는데
그대는 어찌 이처럼 지나치게 굽히시오? 우리 백성
들은 오래 전부터 이치를 알고 있는 군자를 만나려
고 기다려 왔소. 임금께서는 그대와 같은 군자를
만나 동방 사람들에게 말씀을 전하려 하신다오. 잠
깐만 기다리시면 내가 곧 우리 임금께 아뢰겠소."
말을 마치자마자 수문장은 빠른 걸음으로 성 안에
들어갔다가 곧 나와서 말하였다.
"임금께서 그대를 편전(便殿)에서 만나시겠다니 아
무쪼록 정직한 말로 대답하시오. 위엄이 두렵다고

해서 숨기면 안 되오. 우리나라 백성들이 알아야 할 올바른 이치를 알게 하여 주시오."

수문장의 말이 끝나자 검은 옷과 흰 옷을 입은 두 동자가 손에 문서를 가지고 나왔다. 하나는 검은 문서에 푸른 글자이고, 다른 하나는 흰 문서에 붉은 글자였다. 동자들이 박생의 양쪽에서 그 문서를 펴 보기에 들여다보았더니 박생의 이름이 흰 문서에 붉은 글자로 씌어져 있었다.

"현재 아무 나라 박아무개는 이승에서 지은 죄가 없으므로 이 나라의 백성이 될 수 없다."

박생이 그것을 보고 동자에게 물었다.

"나에게 이 문서를 보이는 까닭이 무엇이오?"

동자가 말하였다.

"검은 문서는 악인의 명부이고, 흰 문서는 선인의 명부입니다. 선인의 명부에 실린 사람은 임금께서 선비를 초빙하는 예로 맞이하십니다. 악인의 명부에 실린 사람은 처벌하지는 않지만 노예로 부립니다. 잠시 후에 임금께서 선비를 보시면 예를 극진히 차리실 것입니다."

동자가 말을 마치더니 명부를 가지고 들어갔다.

얼마 뒤에 바람을 타고 수레가 날아왔는데 그 위에는 연좌(蓮座)가 있었다. 예쁜 동자와 동녀가 불자(拂子)를 잡고 햇빛을 가려 주는 긴 일산(日傘)을 들었으며 무사와 나졸들이 창을 휘두르며 '물렀거라!' 하고 외쳤다.

박생이 연좌에 올라 멀리 바라보니 세 겹으로 된 철성(鐵城)이 있고 금으로 된 산 아래 높다란 궁궐이 있었는데 뜨거운 불길이 하늘까지 이글거리며 타오르고 있었다. 길가에 오가는 사람들을 돌아보

앉더니 불길 속에 녹아내린
뜨거운 구리와 쇠를 마치 진
흙 밟듯이 밟으면서 다니고
있었다. 그러나 신기하게도
박생의 앞으로 뻗은 수십 걸
음쯤 되어 보인 길은 숫돌같이 평탄하였으며 흘러
내리는 쇳물이나 뜨거운 불도 없었다.

왕성(王城)에 이르자 성문이 활짝 열렸는데 연못가
에 있는 누각 모습 등이 모두 인간세상의 모습과
비슷하였다. 아름다운 두 여인이 마중을 나와 절하
더니 모시고 들어갔다.

임금은 머리에 통천관을 쓰고 허리에는 문옥대를
매었으며 손에는 규(珪, 신을 모실 때 쓰는 막대)를
잡고 뜰 아래까지 내려와서 박생을 맞이하였다. 박
생이 땅에 엎드려 쳐다보지도 못하자 임금이 말하
였다.

"서로 머무는 곳이 달라 내가 통제할 권리도 없을
뿐 아니라, 이치에 통달한 선비를 어찌 위세로 굽
히게 할 수가 있겠소?"

임금이 박생의 소매를 끌고 전각 위로 올라가 옥난

간에 금으로 만든 자리를 마련해 주었다. 임금이 시녀를 불러 차를 올리게 하였다.

박생이 곁눈질하며 살펴보니 차는 구리를 녹인 물이고 과일은 쇠로 만든 알맹이었다. 박생은 놀라고 두려웠지만 피할 수가 없었으므로 그들이 어떻게 하나 눈치만 보고 있었다. 시녀가 다과를 상에 올려놓자 차와 맛있는 과일의 향내가 온 전각에 퍼졌다.

차를 마시면서 임금이 박생에게 말하였다.

"선비께선 이곳이 어디인지 모르시겠지요. 속세에서 염부주(炎浮洲)라고 하는 곳입니다. 왕궁의 북쪽에 있는 산이 바로 옥초산(沃焦山)입니다. 이 섬은 하늘과 땅의 남쪽에 있으므로 남염부주라고 부릅니다. '염부' 라는 말은 불꽃이 활활 타며 공중에 떠 있기 때문에 불리어진 이름이지요.

나는 염마(염라대왕)입니다. 불꽃이 내 몸을 휘감고 있기 때문에 그렇게 부르지요. 내가 이 땅의 임금이 된 지 벌써 만여 년이나 되었습니다. 너무 오래 살다 보니 영통해져서 마음대로 해도 신통하지 않음이 없고 하고 싶은 대로 해도 뜻대로 안 되는 적이 없습니다.

처음으로 창힐이 문자를 만들 때에는 우리 백성을 보내어 통하게 하였고, 석가가 부처가 될 때에는 우리 무리를 보내어 지켜 주었소. 그러나 삼황(三皇) 오제(五帝)와 주공, 공자는 자기의 도를 지켰으므로 나는 그 사이에 설 수가 없었소."

박생이 물었다.

"주공과 공자와 석가는 어떤 사람들입니까?"

임금이 말하였다.

"주공과 공자는 중화문물 중에서 탄생한 성인이요, 석가는 서역지방의 간흉한 민족 중에서 탄생한 성인입니다. 문물이 비록 발달하였다 하더라도 성품이 박잡(駁雜)한 사람도 있고 순수한 사람도 있으므로 주공과 공자가 이들을 잘 가르쳤습니다. 간흉한 민족이 비록 어리석다 하더라도 기질이 날카로운 사람도 있고 둔하고 미련한 사람도 있으므로 석가가 이들을 일깨워 주었습니다.

주공과 공자의 가르침은 정도(正道)로써 사도(邪道)를 물리치는 것이었고, 석가의 법은 사도로써 사도를 물리치는 것이었습니다. 그러므로 주공과 공자의 말씀은 정직하여 군자들이 따르기가 쉬웠고, 석가의 말씀은 황탄(荒誕, 황당무계)하여 소인들이 믿기가 쉬웠던 것입니다.

그러나 어느 순간 지극한 경지에 이르면, 군자와 소인들 모두 바른 도리로 돌아가도록 하는 것입니다. 세상을 의혹시키고 백성들을 속여 이단으로써 그릇되게 하려는 것이 아닙니다.”

박생이 또 물었다.

"귀신이란 어떤 것입니까?"

임금이 말하였다.

"귀(鬼)는 음이고, 신(神)은 양입니다. 귀신은 대개 조화의 자취이고, 우주의 본체인 이(理)와 현상인 기(氣)의 타고난 재능입니다. 사람이 살아있을 때에는 인물(人物)이라 하고, 사람이 죽은 뒤에는 귀신(鬼神)이라 하지만 본래의 이치는 다르지 않습니다."

박생이 말하였다.

"속세에서는 사람이 죽은 뒤 귀신에게 제사를 지내

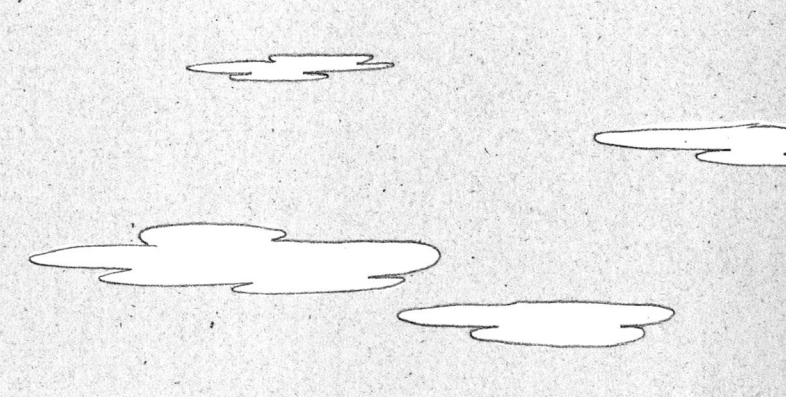

는데, 제사를 받는 귀신과 조
화의 귀신은 다릅니까?"

"다르지 않습니다. 선비
는 그것을 모르시겠습니
까? 옛 선비가 이르기를,
귀신은 형체도 없고 소리도
없다고 하였습니다. 그러나 사물이 시작되고 끝나
는 것은 음양이 모이고 흩어지는 합산(合散)에 따르
는 것이고, 하늘과 땅에 제사지내는 것은 음양의
조화를 공경하는 것이며, 산천에 제사지내는 것은
기화(氣化)가 오르내리는 것을 보답하려는 것입니
다. 조상께 제사지내는 것은 근본에 보답하기 위한
것이고, 여섯 신에게 제사지내는 것은 재앙을 면하
기 위해서입니다.
이러한 제사들을 지내는 이유는 사람들에게 공경하
는 마음을 갖게 하기 위함입니다. 이 귀신들이 형
체가 있어 인간에게 화와 복을 함부로 주는 것이
아닙니다.
그렇지만 사람들은 향불을 피우고 슬퍼하면서 마치
귀신이 옆에 있는 것처럼 생각합니다. 공자의 '귀

신을 공경하면서도 멀리하라'는 말씀은 사람들의
이런 태도를 일러주신 것입니다."

박생이 말하였다.

"인간세상에 여기(요사스러운 기운)와 요매(妖魅)들
이 나타나 사람을 해치고 미혹시키는 일이 있는데,
이것도 귀신이라고 말할 수 있습니까?"

임금이 말하였다.

"귀(鬼)는 굽힌다(屈)의 뜻이 있고, 신(神)은 편다
(伸)의 뜻이 있습니다. 굽히면서도 펼 줄 아는 것
은 조화의 귀신이며, 굽히나 펼 줄 모르는 것은 울
결(鬱結)된 요매(妖魅)들입니다.

조화의 귀신은 조화와 어울리며 처음부터 끝까지
음양과 더불어 자취가 없습니다. 그러나 요매들은
울결되었으므로 인물과 혼동되고 사람을 원망하며
형체를 가지고 있습니다.

산에 있는 요물을 소(산 요괴)라 하고 물에 있는 요
물을 역(물여우)이라 하며, 수석(水石)에 있는 요괴
는 용망상(물속의 요괴)이라 하고 목석(木石)에 있는
요괴는 기망량(가뭄을 일으키는 기허와 망상)이라 합
니다. 만물을 해치면 여(악귀)라 하고 만물을 괴롭

히면 마(魔, 수도를 방해하는 귀신)라 하며, 만물에 붙어 있으면 요(妖, 요귀)라 하고 만물을 미혹시키면 매(魅, 오래된 물건 귀신)라 합니다. 이들이 모두 귀(鬼)입니다.

음양을 헤아릴 수 없음을 신(神)이라고 합니다. 신(神)이란 묘용(妙用, 신묘)을 말하는 것이고 귀(鬼)란 근본으로 돌아가는 것을 말합니다.

하늘과 사람은 한 이치이고 겉으로 드러난 것과 속으로 숨겨진 것에 차이가 없으니 근본으로 돌아가는 것을 정(靜)이라 하고 천명을 회복하는 것을 상(常)이라 합니다. 처음부터 끝까지 조화와 함께 하면서도 조화의 자취를 알 수 없는 것을 바로 도(道)라고 합니다. 그래서 『중용』에서도 '귀신의 덕이 크다'고 한 것입니다."

박생이 또 물었다.

"제가 아는 불제자들에게서 저승에는 천당이라는 쾌락한 곳이 있고 지옥이라는 고통스러운 곳이 있다고 들었습니다. 그리고 명부에 십왕(十王)을 배치하여 십팔옥(十八獄)의 죄인들을 다스린다고 들었습니다. 정말 그렇습니까?

또 그들이 말하기를 사람이 죽은 지 칠일 뒤에 부처님께 공양드리고 재를 베풀어 그 영혼을 추천하고, 지전(紙錢)을 불살라 대왕께 정성을 드리면 이승에서 지은 죄가 벗겨진다고 합니다. 간사하고 포악했던 사람들도 이렇게 하면 임금께서는 너그럽게 용서하십니까?"

임금이 깜짝 놀라면서 말하였다.

"나는 그런 말을 어디서도 들은 적이 없습니다. 옛사람이 말하기를, 한번 음이 되고 한번 양이 되는 것을 도(道)라고 하였고, 한번 열리고 한번 닫히는 것을 변(變)이라고 하였고, 낳고 또 낳음을 역(易)이라 하고, 망령됨이 없음을 성(性)이라고 하였습니다. 이치가 이러한데 어찌 건곤(乾坤) 밖에 건곤이 있으며 천지(天地) 밖에 천지가 있겠습니까?

임금이라 함은 만백성이 추대한 자를 말합니다. 삼대 이전에는 백성의 군주를 모두 임금이라 불렀습니다. 공자께서 『춘추』를 엮으실 때에 백대(百代)에 바꿀 수 없는 큰 법을 세워 주나라 왕을 높여 천왕이라 하였습니다. 그러니 임금이라는 이름보다 더 높일 수는 없습니다.

그런데도 진나라 임금이 여섯 나라를 멸망시키고 천하를 통일한 다음에, '나의 덕은 삼황(三皇)을 겸하고 공훈은 오제(五帝)보다도 높다'고 하여 임금이라는 칭호를 고쳐 자칭 황제라고 하였습니다.

당시 참람(僭濫, 분수에 넘침)하게 스스로 임금이라  고 일컬은 자들이 있었으니 위나라와 초나라 군주가 그러하였습니다. 그 후부터는 임금이라는 명분이 어지러워져 문왕, 무왕, 성왕, 강왕의 존호도 땅에 떨어지고 말았습니다.

인간세상의 사람들은 무지한데다가 서로 외람된 짓을 저지르므로 차마 일컬을 것이 못 되오. 그러나 신의 세계에서는 존엄함을 숭상하니, 어찌 한 지역 안에 임금이 그와 같이 많을 수 있습니까? 선비께선 하늘에는 두 해가 없고 나라에는 두 임금이 없다는 말을 들어 보셨지요? 그러니 그런 말은 들을 게 못

됩니다.

그러므로 재(齋)를 베풀어 영혼을 추천하고 지전을 불살라 정성을 드리는 것을 왜 하는지 까닭을 모르겠습니다. 인간세상의 허황된 일들을 선비께서 자세히 이야기하여 주십시오.”

박생이 자리에서 일어나 옷자락을 여미고 말하였다.

“인간세상에서는 부모가 돌아가신 지 사십구일이 되면 지위고하를 막론하고 절에 가서 영혼을 추천하는 것만 일삼습니다.

부자는 남들에게 보여주기 위해 많은 돈을 쓰면서 자랑하고 가난한 사람들도 논밭과 집을 팔고 돈과 곡식을 빌려서, 종이를 새겨 깃발을 만들고 비단으로 꽃을 만들며 여러 스님들을 불러다 복전(福田, 가난한 사람에게 베풂)을 닦고 불상을 만들어 도사(導師)로 삼습니다. 그런 뒤 범패를 하고 불경을 독송하기를 새가 짹짹거리고 쥐가 찍찍거리듯이 하니 그 난장판이란 말도 못합니다.

상주는 아내와 자식에 친척과 벗들까지 불러들이므로 남녀가 뒤섞여서 똥오줌이 널려지게 되니, 정토(淨土)는 더러운 뒷간으로 바뀌고 부처의 말을 설법

하던 적멸도량은 시끄러운 장터로 바뀌게 됩니다. 또 이른바 십왕상을 모셔 놓고 음식을 갖추어 제사지내고 지전

을 불살라 죄를 벗어나게 해달라고 빕니다.

시왕(十王)은 예의를 잃어버리고 탐욕스럽게 이를 받겠습니까? 아니면 그 법도를 살펴서 이들을 무겁게 처벌하겠습니까?

그동안 이것이 답답하고 화가 나는 일이었지만 차마 내색하지 못하였습니다. 이번에 대왕께서 저에게 말씀해 주십시오."

임금이 말하였다.

"아아! 인간세상이 그렇게까지 되었구려. 사람이 세상에 태어날 때에 하늘은 어진 성품을 주셨으며, 땅은 곡식으로 길러 주었습니다. 임금은 법으로 다스리고 스승은 도의를 가르쳤으며 어버이는 은혜로 길러 주었습니다. 이 때문에 오전(五典)이 질서가 있고 삼강(三綱)이 문란하지 않게 되었으며 이를 잘 따르면 상서로운 일이 생기고 이를 거스르면 재앙

이 옵니다.

사람이 죽으면 정신과 기운은 나뉘어 영혼은 하늘로 올라가고 몸뚱이는 땅으로 내려와 근본으로 돌아가는데 어찌 다시 어두운 저승 속에 머물러 있겠습니까? 원한을 풀지 못하고 기운을 펴지 못하여 죽임을 당한 싸움터에서 시끄럽게 울기도 하고, 목숨을 잃었던 원한 맺힌 집에서 처량하게 울기도 합니다. 그들은 무당에게 부탁해서 사정해 보기도 하고 어떤 사람에게 의지하여 원망해 보기도 하는데, 그 당시에는 정신이 흐트러지지 않는다 하더라도 결국에는 다 없어지고 말게 됩니다. 그들이라고 해서 어찌 지옥의 벌을 받겠습니까?

이런 일은 사물의 이치를 연구하는 군자라면 능히 짐작할 수 있는 일입니다. 그러나 사람들이 부처님께 재를 올리고 시왕에게 제사지내는 일은 더욱 허탄(虛誕, 거짓됨)합니다. 또 '재(齋)'란 정결하게 한다는 뜻인데 그렇게 되면 부정한 일을 정결하게 해서 정결함을 이루는 셈입니다.

부처님은 청정(淸淨)하다는 뜻이고 임금은 존엄하다는 칭호입니다. 임금이 수레와 금을 요구한 일은

『춘추』에서 비판받았고, 불공드릴 때에 돈을 사용하고 비단을 사용한 일은 한나라나 위나라 때부터 시작되었습니다. 어떻게 청정한 부처가 인간세상의 공양을 받고, 존엄한 임금이 죄인의 뇌물을 받을 수 있으며, 저승의 귀신이 감히 인간세상의 죄를 용서하겠습니까? 이것도 또한 이치를 연구하는 선비가 당연히 생각해 볼 일입니다.”

박생이 또 물었다.

“사람은 윤회를 멈추지 않고 이승에서 죽으면 저승에 간다는 말을 설명해 주시겠습니까?”

임금이 말하였다.

“정령이 흩어지지 않는다면 윤회가 있을 법하지만 정령도 오래 되면 흩어져 소멸됩니다.”

박생이 여쭈었다.

“임금께서는 무슨 인연으로 이 이역에서 임금이 되셨습니까?”

임금이 말하였다.

“내가 인간세상에 있을 때 나라에 충성을 다하고 도적을 토벌하였습니다. 그리고 스스로 맹세하기를, 죽은 뒤에도 여귀가 되어 도적을 모두 죽이리라 생각하였습니다. 내가 죽은 뒤에도 그 소원이 남아 있었고 충성심이 있었기 때문에 이 흉악한 곳에 와서 임금이 된 것이지요. 지금 이곳에 살면서 나를 우러러보는 자들은 모두 전세에

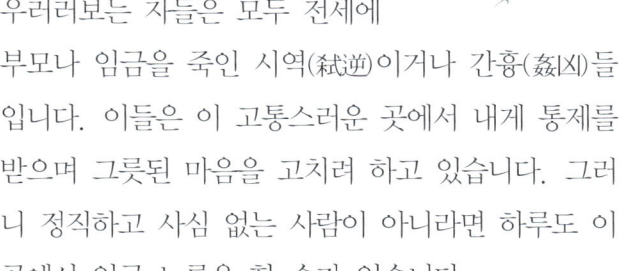

부모나 임금을 죽인 시역(弑逆)이거나 간흉(奸凶)들입니다. 이들은 이 고통스러운 곳에서 내게 통제를 받으며 그릇된 마음을 고치려 하고 있습니다. 그러니 정직하고 사심 없는 사람이 아니라면 하루도 이곳에서 임금 노릇을 할 수가 없습니다.

들으니 그대는 인간세상에서 정직하고 뜻이 굳어서 절대로 지조를 굽히지 않았다고 하니 참으로 달인(達人)입니다. 그런데도 그대의 뜻을 한번도 펴보지 못하여 마치 현산의 옥이 흙 덮인 벌판에 내버려지고 밝은 달이 깊은 못에 잠긴 것과도 같으니, 훌륭한 장인을 만나지 못한다면 누가 이 같은 보물을 알아보겠습니까? 이 어찌 안타까운 일이 아닙니까? 나는 시운이 다하여 이제 이곳을 떠나야 합니다. 그

대 역시 수명이 다하였으므로 곧 인간세상을 떠나야 합니다. 그러니 이 나라를 맡아 다스릴 분은 바로 그대뿐입니다."

그리고 박생을 위해 잔치를 열어 주었다.

임금은 박생에게 삼한의 흥망성쇠를 물어 박생이 하나하나 말씀드렸다. 고려가 창업한 대목에 이르자 임금은 두세 번 탄식하더니 말하였다.

"나라를 다스릴 때는 폭력으로 백성을 위협하면 안 됩니다. 백성들이 두려워하며 따르지만 언제든지 반역할 마음을 품고 있으며, 어느 때든지 커다란 재앙이 일어날 수 있습니다.

덕으로 다스리려는 자는 힘으로 임금 자리에 나아가지 않습니다. 하늘은 임금 자리를 힘으로 다스리려는 자에게 주지 않고, 그의 올바른 모습을 백성들에게 보여 백성들의 뜻에 의하여 임금이 되게 합니다.

상제(上帝)의 명은 엄합니다. 나라는 백성의 나라이고 명령은 하늘의 명령입니다. 그런데 천명이 떠나고 민심이 떠나가면 임금이 제 몸을 잘 보전할 수 있겠습니까?"

박생은 또 역대의 제왕들이 이도(異道)를 숭상하다
가 재앙 입은 이야기를 하자 임금이 이맛살을 찌푸
리며 말하였다.

"백성들이 임금의 덕을 칭송하는데도 큰 홍수와 가
뭄이 닥치는 것은 하늘이 임금으로 하여금 만사를

삼가라고 경고하는 것입니다. 백성들이 임금을 원망하는데도 상서로운 일이 나타나는 것은 요괴가 임금에게 아첨하여 더욱 교만 방자하게 만드는 것입니다. 제왕들에게 상서로운 일이 나타났다고 해서 꼭 백성들이 편안하다고 말할 수 있겠습니까?"

박생이 말하였다.

"간신들이 백성들을 괴롭혀 큰 난리가 자주 일어나는 데도, 임금이 백성들을 위협하며 명예를 구하려 한다면 나라가 어떻게 평안할 수 있겠습니까?"

임금이 탄식하며 말하였다.

"그대의 말씀이 옳습니다."

잔치가 끝나자 임금이 박생에게 임금 자리를 물려주기 위하여 손수 선위문(禪位文)을 지었다.

염부주의 땅은 풍토병이 생기는 곳이므로 성왕인 우(禹)임금의 발자취도 이르지 못하였고 목왕의 준마도 접근하지 못하였다. 이곳은 붉은 구름이 해를 가리고 독한 안개가 하늘을 이루고 있으며, 목이 마르면 뜨거운 구리물을 마셔야 하고 배가 고프면 불에 쪼인 뜨거운 쇳덩이를 먹어야 한다. 야차나 나찰이 아니면 발도 못 붙이고, 도깨비가 아니면 그 기운을 펼 수가 없는 곳이다.

지세의 굴곡이 심해 험준하고 불을 뿜는 성이 천리나 뻗어 있으며 철산이 여러 겹이나 둘러있는 데다 백성들의 풍속이 강하고 사나워서, 신통스러운 위엄이 아니면 이들을 교화시킬 수가 없고 성품이 바르고 곧지 않으면 그들의 간사함을 파악할 수가 없다. 아아! 동쪽 나라에서 온 박아무개는 정직하고 사심이 없으며 강직하고 과단성이 있다. 남을 포용하는 넓은 마음이 있으며 어리석은 자를 계발하는 능력도 있다. 인간세상에서는 현달(顯達, 뜻이 세상에 드러남)하지 못하였지만 인간세상을 떠나 온 다음에 이곳에서는 마음껏 기강을 바로잡을 수 있을 것이다. 이곳 백성이 오래 믿고 의지할 자가 그대 아니면 누구이겠는가? 도덕으로 이끌고 예법으로 통괄하여 착한 백성들로 만들라. 임금이 먼저 실천하고 진심으로 깨달아 태평한 세상을 만들라.

하늘을 본받아 뜻을 세우며 요임금이 순임금에게 임금 자리를 물려주었던 일을 본받아 나도 이 자리를 그대에게 물려주겠다.

아아! 그대는 삼가 이 선위문을 받을지어다.

박생이 이 글을 받아들고 응낙한 뒤에 절하고 물러 나왔다. 임금은 신하들과 백성들에게 명하여 박생에게 축하드리게 하고 태자의 예로 그를 전송하게 하였다. 그리고 박생에게 당부하였다.

"머지않아 돌아오실 것이오. 이번에 인간세상에 가거든 수고롭지만 내가 한 말들을 전하고 널리 퍼뜨려 법칙에 없는 황당한 일들을 다 없애 주시오."

박생이 대답하였다.

"만 분의 하나라도 그 뜻을 널리 전하겠습니다."

박생이 수레를 타고 문을 나서자 수레를 끄는 자가 발을 헛디뎌 수레바퀴가 넘어졌다. 그 바람에 박생도 땅에 쓰러졌다.

깜짝 놀라서 일어나니 한바탕 꿈이었다.

눈을 들어 보니 책은 책상 위에 내던져 있었고 등잔불은 꺼질 듯 가물거리고 있었다.

박생이 한참을 꿈에 대해 의아하게 생각하다가 곧 세상을 떠날 것을 깨닫게 되었다. 그래서 임금이 당부한 대로 인간세상의 황당한 일들을 없애는 일에 힘쓰고 날마다 집안 일을 정리하기에 전념하였다.

몇 달 뒤에 박생은 병에 걸렸는데 일어나지 못할 것을 알고 있어 의원과 무당을 사절한 채 세상을 떠났다.

그가 세상을 떠나는 날 저녁에 이웃집 사람의 꿈에 어떤 신인(神人)이 나타나서 말하기를,

"네 이웃집의 박생은 장차 염라대왕이 될 것이다."

라고 하였다 한다.

그들은 눈 깜짝할 사이에 용궁 문 앞에 이르렀다.

문지기들이 모두 방게, 새우, 자라의 갑옷을 입고
창을 들고 늘어서 있었다.

땅에서 내리는 한쌍을 보고 모두
머리를 숙여 절하고는

의자를 내어주며 쉬라고 하였다.

용궁부연록

용궁부연록 미리보기

문장에 능하여 그 재주가 조정에까지 알려진 한생(韓生)이 어느 날 꿈속에서 용궁으로 초대되어 간다. 한생은 용왕의 청을 받고 새로 지은 누각의 상량문을 지어 주었더니 용왕은 그 재주를 크게 칭찬하고 잔치를 베풀어 대접하였다. 잔치가 끝난 뒤 용왕의 호의로 한생은 여러 누각과 보물들을 두루 구경하고 용왕이 주는 구슬과 비단을 받아 가지고 나온다. 한생은 이것을 상자에 깊이 간직하고 남에게 보이지 않는다. 그 후 한생은 세상의 명예와 이익을 마음에 두지 않고 명산으로 들어가 자취를 감추었다.

용궁부연록 핵심보기

이 작품은 비극적 성격을 드러내면서 현실과 이상의 대립을 하나의 문제로 제기한다. 자신은 지적인 능력을 마음껏 발휘하고자 하나 세상이 자신을 받아들여 주지 않는 데에서 오는 작자의 불만을 나타낸 작품이다. 김시습은 어릴 때에 탁월한 글재주를 인정받아 궁궐에 초대되어 세종으로부터 칭찬을 받은 일이 있었다.

龍宮赴宴錄

개성에 높은 산이 하나 있었는데 그 산이 하늘 높이 솟아 가파르므로 '천마산(天磨山)'이라 불리게 되었다. 그 산 가운데 용추(龍湫, 깊은 연못)가 있어 그 이름을 박연(朴淵)이라 하였다. 그 못은 좁으면서도 깊어서 몇 길이나 되는지 알 수가 없었다. 물이 넘쳐서 폭포가 되었는데 그 길이가 백여 길은 되어 보였다. 이곳의 경치가 맑고 아름다워 놀러 다니는 스님이나 나그네들은 반드시 여기를 구경하였다. 옛날부터 이곳에 용신이 살고 있다는 전설이 있어서 나라에서도 세시(歲時)가 되면 큰 소를 잡아 용신에게 제사지내게 하였다.

고려 때에 한생(韓
生)이라는 사람이
있었는데 젊어서
부터 문장가로 조정
에까지 알려지고 문사로 좋은 평판이 있었다.
어느 날 해가 저물 무렵 한생이 서실에서 편안하게
앉아 있는데, 홀연히 푸른 저고리를 입고 두건을
쓴 낭관 두 사람이 공중으로부터 내려왔다.
그들은 뜰에 엎드려 말하였다.
"박연에 계신 용왕님께서 모셔오라고 하셨습니다."
한생이 깜짝 놀라 얼굴빛이 변하여 말하였다.
"신과 인간 사이에는 길이 막혀 있는데 어찌 서로
오고갈 수 있겠소? 더군다나 수부(水府, 물의 궁전)
는 길이 아득하고 물결이 사나우니 어떻게 간단 말
이오?"
그들 중에 한 사람이 말하였다.
"수부로 가는 준마를 문 앞에다 대기시켰으니 사양
하지 마시기 바랍니다."
그들이 몸을 숙이고 한생의 소매를 잡아끌며 문 밖
으로 나서자 말 한 마리가 있었다. 금 안장과 옥

굴레에 비단으로 배를 둘렀
으며 날개가 돋쳐 있었다.
열댓 명이나 되는 종자(從
者)들은 모두 붉은 두건을
쓰고 비단 바지를 입었다.
그들이 한생을 부축하여 말
위에 태우자 일산을 든 사람이 앞에서 인도하고 기
생과 악공들이 뒤를 따랐다. 낭관 두 사람도 홀(笏,
임금의 명을 쓴 막대)을 잡고 따라왔다. 한생을 태운
말이 공중으로 날아 올라가자 아래의 땅은 보이지
않고 발 아래 구름이 뭉게뭉게 이는 것만 보였다.
그들은 눈 깜짝할 사이에 용궁 문 앞에 이르렀다.
문지기들이 모두 방게, 새우, 자라의 갑옷을 입고
창을 들고 늘어서 있었다. 말에서 내리는 한생을
보고 모두 머리를 숙여 절하고는 의자를 내어주며
쉬라고 하였는데, 미리부터 준비하며 기다리고 있
었던 것 같았다.
두 사람이 안으로 들어가서 한생이 도착했음을 알
리자 곧바로 푸른 옷을 입은 동자들이 나와 한생을
인도하여 안으로 모시고 들어갔다. 한생이 천천히

걸어가며 궁문을 쳐다보았더니 현판에 '함인지문(咸仁之門)'이라 씌어 있었다.

한생이 그 문에 들어서자 용왕이 절운관(切雲冠)을 쓰고 칼을 차고 홀을 쥐고서 뜰 아래로 내려왔다. 한생을 맞이하여 수정궁 안의 백옥상(白玉牀, 백옥으로 만든 평상)으로 모셨다.

한생이 엎드려 사양하며 말하였다.

"땅 위의 어리석은 백성은 초목처럼 썩어질 몸인데 어찌 위엄을 헤아리지 않고 이처럼 융숭한 대접을 받겠습니까?"

용왕이 말하였다.

"오랫동안 선생의 명성을 듣다가 이제야 높으신 얼굴을 뵙게 되었습니다. 어렵게 생각하지 마십시오."

용왕이 손을 내밀어 앉기를 청하였다. 한생은 서너 번 사양한 뒤에 자리로 올라갔다. 용왕은 남쪽을 향하여 칠보의 화려한 평상에 앉고 한생은 서쪽을 향하여 앉으려고 하는데, 한생이 채 앉기도 전에 문지기가 아뢰었다.

"손님들이 또 오셨습니다."

용왕이 문 밖으로 나가서 세 사람의 손님을 맞이하였다. 붉은 도포를 입고 채색 수레를 탄 위엄과 시종들을 보니 마치 임금들의 행차 같았다.

용왕이 손님들을 궁전으로 안내하였다. 한생은 그들의 위엄에 놀라 들창 아래에 있었다. 용왕이 세 사람에게 권하여 동쪽을 향하여 앉힌 뒤에 말하였다.

"마침 인간세상에 계신 문사 한 분을 모셨으니 여러분들은 의아하게 생각하지 마십시오."

용왕이 한생을 모셔오게 하여 한생이 급히 나아가 절하자 그들도 모두 머리를 숙이고 답례하였다. 한생은 용왕이 권하는 윗자리에 앉기를 사양하면서 말하였다.

"존귀하신 신들께서는 귀중한 몸이지만 저는 한갓 빈한한 선비일 뿐입니다. 그러니 어찌 제가 높은 자리를 감당하겠습니까?"

그러자 그들이 말하였다.

"우리와 선생은 음양의 길이 달라서 서로 통제할
권리가 없습니다. 용왕께서는 위엄이 있으신 데다
사람을 보는 눈도 밝으시니 그대는 반드시 인간세
상에서 훌륭한 사람일 것입니다. 용왕의 명이니 거
절하지 마십시오."

용왕도 말하였다.

"앉으시지요."

세 사람이 모두 자리에
앉자 한생도 몸을 굽히
며 올라가서 앉았다.
다들 자리에 앉아 찻잔
을 한차례 돌린 뒤에
용왕이 한생에게 말하
였다.

"과인에게 딸 하나가 있는데 이제 시집 보낼 나이
가 되었습니다. 앞으로 알맞은 사람과 혼례를 치러
야 하는데, 화촉을 밝힐 별당 한 채를 지어 가회각
(佳會閣)이라 이름 붙일까 합니다. 공장도 이미 모
았고, 목재와 석재도 다 갖추었습니다. 아직 없는
것이라고는 상량문(上樑文)뿐입니다. 소문을 들으니

선생의 이름이 삼한에 널리 알려졌으며 글 솜씨가 백가에 으뜸이라고 하므로 특별히 멀리서 모셔온 것입니다. 과인을 위하여 상량문을 지어 주시면 감사하겠습니다."

그 말이 미처 끝나기도 전에 두 동자가 들어왔다. 한 동자는 푸른 옥돌벼루와 상강의 반죽(斑竹)으로 만든 붓을 받들고 한 동자는 흰 명주 한 폭을 받들어 그것들을 한생 앞에 바쳤다.

한생이 고개를 숙이고 잠시 생각하다가 일어나 붓에 먹물을 찍어서 곧바로 상량문을 지어내었다. 글씨는 구름과 안개가 서로 얽힌 듯하였으며 그 글의 내용은 이러하였다.

삼가 생각하건대 천지 안에서는 용신이 가장 신령
스럽고 인물 사이에는 배필이 가장 중하다. 용왕께
서 이미 만물을 윤택하게 하신 공로가 있으니 어찌
복 받을 터전이 없을 것인가? 그러므로 '관저호구
(關雎好逑)'는 만물이 조화되는 시초를 나타낸 것이
며, '비룡이견(飛龍利見)'은 용왕의 신령스런 변화
의 자취를 나타낸 것이다. 이에 새로 아방궁을 지
어 아름다운 이름을 높이 붙였다.

자라를 불러 힘을 내게 하고 조개를 모아 재목을
삼았으며, 수정과 산호로 기둥을 세웠다. 용골(龍
骨)과 낭간(琅玕, 구슬 같은 돌)으로 들보를 걸었으
니, 주렴을 걷으면 푸른 산이 높고 백옥 창문을 열

면 골짜기에 구름이 둘려 있다. 이곳에서 가족이
화합하여 만년토록 복을 누릴 것이며 부부가 화락
하여 금슬이 억대에 뻗치리라.

용왕께서는 바람과 구름의 변화를 돕고 조화의 공
덕을 나타내어, 높은 하늘에 오를 때에나 깊은 못
에 있을 때에나 백성들의 목마름을 씻어주고 상제
의 어진 마음을 도와주었다. 그 기세가 천지에 떨
치고 위덕이 원근에 흡족하여, 검은 거북과 붉은
잉어는 뛰놀며 기뻐하고 나무귀신과 산도깨비도 차
례로 와서 축하한다. 마땅히 짧은 노래를 지어 대
들보에 걸어 둘 것이다.

들보 동쪽으로 떡(고사떡)을 던지네.
울긋불긋 높은 산이 저 푸른 하늘을 버티었네.
하룻밤 우레 소리가 시냇가를 뒤흔들어도
만길 푸른 벼랑에는 구슬 빛이 영롱해라.

들보 서쪽으로 떡을 던지네.
바위 안고 도는 길에 멧새들이 우짖네.
맑고 깊은 저 용추는 몇 길이나 되려나.

한 이랑 봄 물결이 유리처럼 맑아라.

들보 남쪽으로 떡을 던지네.
십 리 솔숲에 푸른 노을이 비꼈구나.
아름다운 저 신궁을 그 누가 알려나.
푸른 유리 밑바닥에 그림자만 잠겼구나.

들보 북쪽으로 떡을 던지네.
아침 햇살이 비치니 연못이 거울 같아라.
하얀 비단 삼백 길이 공중에 가로 걸려
하늘의 은하수가 이곳에 떨어졌나.

들보 위로 떡을 던지네.
무지개 어루만지며 창공에서 노니누나.
발해와 부상(扶桑, 해 돋는 곳)이 천만 리나 되지만

인간세상 돌아보니 손바닥과 한가지일세.

들보 아래도 떡을 던지네.
가련해라, 봄빛에 아지랑이가 오르는구나.
신령스러운 물 한 방울 이곳에서 가져다가
온 누리에 단비 삼아 뿌려들 보소.

바라건대 이 집을 이룩한 뒤에
화촉의 밤을 맞이하여 만복이
함께 이르고 온갖 상서가 모여
들게 하소서. 요궁과 옥전에는
상서로운 구름이 찬란하고, 봉황 베개와 원앙 이불
에는 즐거움이 넘치게 되어 그 덕이 나타나고 그
신령스러움을 빛내게 하소서.

한생이 글을 다 써서 용왕에게 바치자 용왕이 크게
기뻐하였다. 이내 세 명의 신들에게 돌려보게 하자
그들 모두 떠들썩하게 탄복하며 칭찬하였다. 이에
용왕이 윤필연(潤筆宴, 문사를 위한 잔치)을 열자 한
생이 용왕께 여쭈었다.

"존귀한 신들께서 모이셨는데 아직 높으신 이름을 묻지 못하였습니다."

용왕이 말하였다.

"선생은 양계(陽界, 인간세상)의 사람이라 당연히 모를 것입니다. 첫째 분은 조강신(祖江神, 한강과 임진강이 합쳐진 강의 신)이고 둘째 분은 낙하신(洛河神, 임진강 물신)이며 셋째 분은 벽란신(碧瀾神, 개성 서쪽 강의 신)입니다. 내가 선생을 모시고자 하여 이분들을 초대한 것이지요."

곧 술을 권하고 풍류를 시작하자 미인 열댓 명이 푸른 소매를 흔들며 머리 위에 구슬 꽃을 꽂고 나왔다. 앞으로 나왔다가 뒤로 물러났다가 춤을 추면서 벽담곡(碧潭曲, 푸른 연못을 위한 노래) 한 가락을 불렀다.

푸른 산은 창창하고
푸른 못은 출렁거리네.
떨어지는 폭포수는 우렁차게
하늘 위 은하수까지 닿았구나.
저 가운데 계신 님이여.

환패(環佩) 소리 쟁쟁하여라.
위풍이 당당히 빛나는 데다
그 모습까지 훌륭하여라.
좋은 시절 길한 날에
봉황새까지 울음 우는데,
날아갈 듯한 좋은 집 지었으니
상서롭고도 신령스러워라.
문사를 모셔 상량문을 지어서
높은 덕을 칭송하며 대들보를 올리네.
향 좋은 술을 부어 술잔을 돌리고
제비처럼 가볍게 봄볕을 밟으며 노니네.
향로에서는 상서로운 향내를 뿜어내고
돌솥에선 옥 미음이 끓고 있는데,
목어(木魚)를 둥둥 치고
옥피리를 불며 행진하네.
높이 앉으신 신들이여
지극한 덕을 잊지 못하리라.

춤이 끝나자 다시 총각 열댓 명이 왼손에는 피리를
잡고 오른손에는 새의 깃털장식을 들고 회풍곡(回
風曲) 한 가락을 불렀다.

높은 언덕에 계신 님은
향초 덩굴로 옷 지어 입으셨네.
해가 저물어 물결 일렁이니
물결무늬 비단 같아라.
머리칼이 바람에 나부껴 헝클어지고
옷자락이 구름 따라 너울거리네.
천천히 빙빙 돌다가
예쁘게 웃으며 마주치네.
내가 입었던 홑옷은 강가에 던져두고
내가 낀 가락지도 모래밭에 빼어 놓았네.
금잔디에 이슬 젖고
높은 산에 아지랑이가 아득한데,
뾰족하게 솟은 저 봉우리 멀리서 바라보니
마치 강물 위에 푸른 소라모양과 비슷하네.
이따금 치는 징 소리에
나풀거리며 춤추네.

술은 강물처럼 흐르고
고기도 언덕처럼 쌓였어라.
손님이 이미 취하셨으니
새 노래를 불러 보세나.
옥 술병을 두드리며 마음껏 마셨더니
맑은 흥취가 다하면서 쓸쓸한 마음이 절로 나네.

춤이 끝나자 용왕이 기뻐하며 술잔에 술을 붓고 한 생에게 권하였다. 이번에는 용왕이 직접 옥으로 만든 용 피리를 불면서 수룡음(水龍吟, 물용의 노래) 한 가락을 노래하여 즐거운 흥취를 도왔다.

풍류소리 가운데 술잔을 돌리니
기린마 모양 향로에선 용뇌향 푸른 연기 뿜어내네.
옥피리를 비껴 쥐고 한 음을 불자
하늘 위의 푸른 구름은 씻은 듯 사라졌네.
소리가 물결치더니
가락은 풍월로 바뀌었네.

경치는 한가하나 인생은 늙어만 가니
화살같이 빠른 세월이 애달프기만 하여라.
풍류도 꿈이러니
기쁨이 다하면 근심만 남게 되네.

서산에 끼인 이내(해질 무렵 푸르스름한 기운)가
이제 막 흩어지자
반갑게도 동산에 둥근 달이 찾아오네.
술잔을 높이 들어
푸른 하늘의 달에게 물어 보세.
추한 모습 고운 모습을
몇 번이나 보아 왔던가.
술잔에 술이 가득한데
옥산이 무너졌으니
그 누가 넘어뜨렸나
아름다운 우리 님을,
십년이 다하도록 근심 걱정일랑 잊어버리고
푸른 하늘 높은 곳에 유쾌히 올라가 보자꾸나.

용왕이 노래를 마치고 좌우를 둘러보면서 말하였다.

"우리 용궁나라의 놀음은 인간세상의 것과 다르니 그대들은 귀한 손님을 위하여 솜씨를 보이라!"

그러자 한 사람이 나타났는데 자칭 곽개사(郭介士, 게)라고 하였다. 발을 들어 옆으로 걸으면서 나와 말하였다.

"저는 바위틈에 숨어사는 선비요, 모래 구멍에 사는 은둔자입니다. 팔월에 바람이 맑으면 동해의 해신에게 벼 까끄라기를 실어 나르고, 구월 하늘에 구름이 흩어지면 남정성(南井星, 하지 때의 별자리)의 곁에서 빛을 머금기도 하였지요.

속은 누렇고 겉은 둥글며 단단한 갑옷을 입고 날카로운 창을 가졌습니다. 늘 손발을 잘려서 뜨거운 솥에 들어갔으며 비록 정수리가 갈리면서도 사람들에게 이롭게 하였습니다. 맛과 풍류도 좋아 장사(壯士)들의 얼굴을 기쁘게 하였으며, 곽삭(郭索, 가볍게 촐랑대는)한 꼴로 부인들에게 웃음을 나눠주기도 하였지요.

적인 해계를 게에 비유한 조나라 왕윤은 물속에서 만나도 저를 미워하였지만, 게를 좋아하는 전곤은

지방에 나가 있으면서도 저를 생각하였습니다. 제가 죽어서는 술안주로 게를 즐겨 먹던 필이부의 손에 들어갔지만, 한진공(당나라 화가. 특히 방게를 잘 그림)의 붓에 의해서 초상이 이루어졌습니다. 오늘 이러한 잔치마당을 만나 놀게 되었으니 신나게 다리를 틀어 춤을 추어 보겠습니다."

곽개사는 곧 그 앞에서 갑옷을 입고 창을 잡아 쥐었으며 거품을 흘리고 눈을 부릅떴다. 눈동자를 돌

리며 팔다리를 흔들더니 재빠르게 앞으로 나아갔다
뒤로 물러서며 팔풍무(八風舞)를 추었다. 그와 같은
여러 무리가 다같이 땅에 엎드려 고개를 숙이고 돌
면서 절도 있게 춤을 추었다. 곽개사가 이내 노래
를 지어 불렀다.

강과 바다에 몸을 붙여 구멍 속에 살지언정
기운을 토하여 범과도 힘을 겨룬다네.
이 몸이 구척이니 나라님께도 진상하고
종류가 열 갈래니 이름도 많다네.
거룩하신 용왕님의 기쁜 잔치에 참석하여
열 발을 구르면서 옆으로 걸어가네.
물속에 깊이 잠겨 혼자 있기 좋아하고
강나루 등불에 놀라기도 했었지.
은혜를 갚으려고 구슬 눈물을 흘린 것도 아니고
원수를 갚으려고 창을 뽑아 든 것도 아니라네.
호수 위 다리에서 논쟁하는 귀족들이야
무장공자(無腸公子, 속없는 놈)라고 나를 비웃지만,
그래도 공자라고 하였으니
덕이 뱃속에 가득차서 내장이 누렇다네.

속은 아름다워 온 사지에 통달하니
엄지발에 향이 맺혀 옥빛으로 통통해라.
오늘 저녁은 어떤 저녁이던가?
요지(瑤池) 잔치에 내가 왔네.
용왕께서 노래하시자
손님들 취해 술렁이네.
황금 궁전의 백옥 평상에
술잔을 돌려 풍류를 베푸니,
피리 소리는 동정호수 속의 산을 울리고
술잔에는 신선의 술이 가득 찼네.
산귀신도 와서 더덩실 춤을 추고
물고기들도 펄떡펄떡 뛰노네.
산에는 개암나무 있고 진펄엔 씀바귀가 있으니
그리운 우리 님을 잊을 수가 없어라.

그가 춤을 추면서 왼쪽으로 돌다가 오른쪽으로 꺾
어지며 뒤로 물러났다가 옆으로 달려가기도 하니,
자리에 가득 모였던 사람들이 모두 몸을 비틀면서
웃음을 참지 못하였다.
그의 춤이 끝나자 또 한 사람이 나섰는데, 자칭 현

(玄, 거북)선생이라고 하였다. 꼬리를 끌며 목을 빼고 기운을 뽐내다가 눈을 부릅뜨고 앞으로 나와서 말하였다.

"저는 일백 개의 줄기가 있는 시초(蓍草) 그늘 아래 숨어 지내는 자요, 일천 살이 되어 연잎에서 놀던 자입니다. 낙수(洛水)에서 등에 글을 지고 나와 홍수를 다스린 하나라 우왕의 공로를 나타내었으며, 맑은 강물의 그물에 잡혀 등껍질로 점을 쳐 일찍이 송나라 원군(元君)의 계책을 이루어 주었습니다.

비록 배를 갈라서 사람을 이롭게 해주기는 하지만 껍질 벗기는 것은 견뎌 내기가 어렵습니다. 노나라 장공은 제 껍질을 소중히 여겨 두공에 산을 새기고 동자기둥에 마름을 그렸습니다. 돌 같은 내장에다가 검은 갑옷까지 입었으니 가슴으로는 장사의 기상을 토하였습니다.

노오가 만난 약사는 바다 위에서 나를 걸터앉았으며 모보의 병사는 은혜를 갚기 위해 강 가운데서 나를 놓아주었습니다. 살아서는 세상을 기쁘게 하는 보배가 되고 죽어서는 좋은 길을 예언해 주는 보물이 되었습니다. 이제 입을 벌리고 기운을 토하여 오랫동안 기운을 감추어 왔던 천년 장륙(藏六, 여섯 가지를 감춘 거북)의 회포를 풀어 보렵니다."
현생이 그 앞에서 기운을 토하자 실오리처럼 나부껴 그 길이가 백여 척이나 되더니 이를 들이마셔 자취도 없게 되었다. 그리고는 그 목을 움츠려서 사지 속에 감추기도 하고 혹은 목을 길게 빼어 머리를 흔들기도 하였다. 얼마 뒤에 앞으로 슬그머니 나와 구공무(九功舞)를 추면서 혼자 나아갔다 물러났다 하더니 이내 노래를 지어 불렀다. 그 가사는 이러하였다.

산속 연못에 의지하여 나 홀로 지내며
긴 호흡만으로 오래도록 살고 있네.
천년을 살면서 오색을 갖추고
열 꼬리를 흔들며 신령함을 자랑하였네.
내 차라리 진흙 속에서 꼬리를 끌지언정
묘당(廟堂)에 간직되기를 바라지는 않는다네.
단약(丹藥)이 아니라도 오래 살 수 있으며

도를 배우지 않아도 영과 통한다네.
천년 만에 성스런 님을 만나면
상서로운 징조들이 빛나게 나타나며,
나는 바다족속의 어른이 되어
연산(連山)과 귀장(歸藏)과 주역(周易)의 이치를
연구하였네.
글자를 지고 나왔으니 숫자가 있으며
길흉을 알려 주어 계책을 이루게 하였네.
그러나 지혜가 많다 하여도 곤액은 어쩔 수 없고
재능이 많아도 못 미치는 일이 있었네.
점을 치기 위해 가슴을 쪼개고 등을 지지는 것을
면하기 위하여
물고기와 벗 삼아 자취를 감추었다가
목을 빼고 발을 들어
높은 잔치 자리에 끼어들었네.
용왕님의 조화를 축하하려고
힘차게 붓을 뽑아 들고,
술을 권하고 풍악을 베풀어
즐거움이 끝이 없어라.
북을 치고 퉁소를 부니

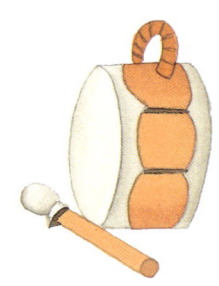

골짜기에 숨은 규룡이 춤을 추네.
산도깨비들 모여들고
물귀신들도 모여드네.
온교(溫嶠)처럼 무소뿔을 태우고
우임금이 만든 솥으로 귀신들을 부끄럽게 하였네.
앞뜰에서 서로 만나 춤추고 뛰어 놀며
껄껄 웃기도 하고 손뼉도 치네.
해가 저물자 바람이 일어
물결 일렁이고 물고기들 뛰노는데,
좋은 때를 늘 얻을 수 없어
내 마음이 자못 쓸쓸하구나.

노래는 끝났지만 그래도 황홀하여 발을 올렸다 내렸다 하며 춤을 추었다. 그 몸짓은 형용할 수가 없을 정도로 재미가 있어 자리에 가득하였던 사람들이 웃음을 참지 못하였다.

현선생의 놀음이 끝나자 숲속의 도깨비와 산속의 괴물들이 일어나서 저마다 장기를 자랑하였다. 누구는 휘파람을 불고 어떤 이는 노래를 불렀으며 또다른 이는 춤을 추고 어떤 사람은 피리를 불었다.

누군가는 손뼉을 치고 어떤 이는 시를 외웠다. 그
들이 노는 모양은 저마다 달랐지만 노래 소리는 같
았는데 그들이 지어 부른 노래는 이러하였다.

용신께서는 못에 계시며
어느 때는 하늘에도 오르시네.
아아! 천만년 동안
기나긴 복을 누리소서.
귀하신 손님을 맞이하니
신선처럼 의젓하여라.
새로 지은 노래를 즐기니
구슬을 실에 꿴 듯하구나.
옥돌에다 깊이 새겨
천년을 길이 전하리라.
이제 군자께서 돌아가신다 하여
아름다운 이 잔치를 베풀었네.
「채련곡(採蓮曲)」을 노래하며
나풀나풀 춤을 추고,
두둥둥 쇠북을 두들기며

거문고 곡조로 화답하네.
뱃노래 권주가로
고래처럼 술 마시네.
예절을 갖추어 놀면서도
즐거움이 끝이 없어라.

노래가 끝나자 강하의 군장들이 꿇어앉아 시를 지어 바쳤다. 그 첫째인 조강신의 시는 이러하였다.

푸른 바다로 쉬지 않고 흘러드는 물은
힘차게 이는 물결에 가벼운 배를 띄웠구나.
구름이 사라진 뒤에 밝은 달이 물에 잠기고
밀물이 밀려들어오니 건들바람이 섬에 가득해라.
날이 따뜻해지니 거북과 고기들 한가롭게 떠다니고
맑은 물살에서 오리 떼들은 마음대로 헤엄치네.
언제나 파도 속에 시달리던 몸인데
오늘 저녁의 이 즐거움으로 온갖 근심이 다 녹았네.

둘째인 낙하신의 시는 이러하였다.

오색 꽃 그림자가 겹자리를 덮었는데
대그릇과 피리들이 차례로 벌여 있네.
운모(雲母) 휘장 두른 곳에 노랫소리 간드러지고
수정구슬 주렴 안에서 나풀나풀 춤을 추네.
성스런 용왕님께서 어찌 못 속에만 계시겠나.
문사는 그 전부터 이 자리의 보배로다.
어떻게 하면 기다란 끈을 얻어 지는 해를 잡아매고
아름다운 봄 햇살 속에 흠뻑 취해 지내려나.

셋째 벽란신의 시는 이러하였다.

용왕님께선 술에 취해 금상에 기대셨는데
산비는 부슬부슬 해는 이미 석양일세.
너울너울 곱게 춤추며 비단 소매 돌아가고
맑은 노래는 가느다랗게 대들보를 안고 도네.
몇 년 동안 외로웠던가, 은섬(파도)이 번득이는데
오늘에야 기쁘게도 백옥잔을 함께 드네.
흘러가는 이 세월을 붙잡을 사람이 없으니
예나 이제나 세상일은 너무나도 바쁘구나.

짓기를 마치고 용왕에게 바치자 용왕이 웃으면서
읽어 본 뒤에 한생에게 주었다. 한생은 이 시를 받
아 세 번이나 거듭 읽으며 감상한 뒤에 그 자리에
서 이십 운(韻)의 장편시를 지어 성대한 일을 노래
하였다. 그 가사는 이러하였다.

천마산이 높이 솟아
폭포가 공중을 날아가네.
곧바로 떨어져 숲을 뚫고
급하게 흘러 큰 시내가 되었네.
물 가운데엔 달이 잠기고
박연 아래엔 용궁이 있어,
신기한 변화로 자취를 남기시고
하늘에 올라 공을 세우시니,
연한 안개가 자욱이 끼고
상서로운 바람이 부네.
하늘의 분부가 중하여
청구(靑丘)에 높은 작위를 받으셨으니,
구름을 타고 자신전(紫宸殿)에 조회하시고
청총마를 달리며 비를 내리시네.

황금 대궐에서 잔치를 열고
옥 같은 뜰에서 풍류를 베푸시니,
찻잔에는 붉은 노을이 뜨고
연잎에는 붉은 이슬이 젖네.
위의(威儀)도 정중하지만
예법은 더욱 높아,
의관과 문채가 찬란하고
환패 소리 쟁쟁하여라.
물고기와 자라들 조회 드리고
물신령들도 모두 모였으니,
조화가 어찌 그리 황홀하던지
숨겨진 덕이 더욱 깊어 보이네.
북을 쳐서 꽃을 피게 하고
술잔 속에는 무지개가 있네.
하늘의 선녀는 옥피리를 불고
서왕모는 거문고를 타네.
절하고 술잔을 올리며
만수무강하시라 세 번 외치네.
얼음 같은 과일에다
수정 같은 채소까지 있어,

온갖 진미에 배부르고
깊은 은혜는 뼈에 스며라.
신선의 이슬을 마신 듯
봉래산에 구경 온 듯,
즐거움을 마치고 헤어지려니
이 좋은 풍류마저 한바탕 꿈만 같아라.

한생이 시를 지어 바치자 자리에 있던 사람들이 모
두 감탄하고 칭찬하여 마지않았다.
용왕이 감사하면서 말하였다.
"이 시를 마땅히 금석에 새겨 우리 집의 보배로 삼
겠습니다."
한생이 절하고 감사드린 뒤에 앞으로 나아가 용왕
에게 아뢰었다.
"용궁의 좋은 모습들을 많이 보았습니다. 그런데
용궁나라의 웅장한 건물들과 넓은 강토도 둘러볼
수가 있겠습니까?"
용왕이 말하였다.
"좋습니다."
한생이 용왕의 허락을 받고 문 밖에 나와서 눈을

크게 뜨고 바라보는데 오색구름이 주위에 둘려 있어서 동서를 분간할 수가 없었다.

용왕이 명하자 어떤 자가 입을 오므려 구름을 한 번에 불어 없애 버렸다. 그러자 하늘이 환하게 밝아졌는데 산과 바위 벼랑도 없고 수십 리나 되는 넓은 세계가 바둑판처럼 보였다.

아름답고 신기한 꽃들과 나무들이 가운데에 줄을 이어 심어져 있었고 바닥에는 금모래가 깔려 있었다. 둘레는 금으로 된 성으로 쌓았으며 행랑과 뜰에는 모두 푸른 유리벽돌을 깔아서 빛과 그림자가 서로 비치었다.

용왕은 두 사람의 사자(使者)에게 명하여 한생을 이끌고 용궁나라 안을 구경시키도록 하였다. 어떤 누각에 이르렀는데 누각의 이름은 조원지루(朝元之樓, 하늘에 조회하는 누각)라고 하였다. 이 누각은 모두 유리로 이루어졌고 진주와 구슬로 장식하였으며 황금색과 푸른색으로 꾸며져 있었다.

누각의 계단에 오르자 마치 허공을 밟는 것처럼 어지러웠으며 층이 열 개나 되었다. 한생이 그 위까지 다 올라가려고 하자 사자가 말렸다.

"그곳까지는 용왕께서 신력(神力)으로 오르실 뿐이고 저희들도 또한 다 올라가지 못하였습니다."

누각의 위층은 구름 위에 솟아 있었으므로 보통 사람들이 올라갈 수는 없었다. 한생은 칠층까지 올라갔다가 내려와 또 다른 누각에 이르렀는데 그 이름은 능허지각(凌虛之閣, 공중에 높이 솟은 누각)이었다. 한생이 물었다.

"이 누각은 무엇 하는 곳입니까?"

"이곳은 용왕께서 하늘에 조회하실 때에 그 의장(儀仗)을 갖추고 의관을 손질하는 곳이랍니다."

한생이 청하였다.

"그 의장을 보고 싶습니다."

사자는 한생에게 둥근 거울처럼 생긴 물건을 보여 주었는데 번쩍번쩍 빛나고 눈이 어지러워 제대로 살펴볼 수가 없었다. 한생이 물었다.

"이것은 무슨 물건입니까?"

"번개를 맡은 전모(電母)의 거울이지요."

또 북이 있었는데 크고 작은 북들이 서로 어울려 있었다. 한생이 북을 쳐보려고 하자 사자가 말렸다.

"이 북을 한번 치면 세상의 온갖 물건이 모두 진동하게 됩니다. 이것은 우레를 맡은 뇌공(雷公)의 북입니다."

또 풀무와 같은 물건이 있어 한생이 흔들어 보려고 하자 사자가 다시 말리면서 말하였다.

"만약 이것을 한번 흔든다면 산의 바위가 다 무너지며 큰 나무들도 다 뽑히게 됩니다. 이것은 바람을 일게 하는 풀무랍니다."

또 한 물건이 있었는데 빗자루처럼 생겼고 그 옆에는 물 항아리가 있었다. 한생이 물을 뿌려 보려고 하자 사자가 급히 말하였다.

"이것으로 물을 한번 뿌리면 인간세상에 홍수가 나서 땅들이 잠기고 산 언덕까지 물이 오르게 된답니다."

한생이 말하였다.

"그렇다면 구름을 불어 내는 기구도 있습니까?"

"구름은 용왕의 신력으로 되는 것이지 기구가 움직여서 만들어 내는 것이 아니랍니다."

한생이 또 말하였다.

"뇌공(雷公)과 전모(電母), 그리고 풍백(風伯)과 우사(雨師)는 어디에 있습니까?"

"천제(天帝)께서 깊숙한 곳에 가두어 두고 돌아다니지 못하게 하였지요. 용왕께서 나오시면 비로소 모여든답니다."

그리고 알 수 없는 나머지 기구들도 많았다. 또 기다란 행랑채가 몇 리쯤 잇따라 뻗어 있었는데 문에는 용의 모습을 새긴 자물쇠가 잠겨 있었다. 한생이 물었다.

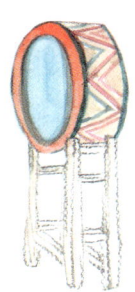

"여기는 어디입니까?"

사자가 말하였다.

"여기는 용왕께서 칠보(七寶)를 간직하여 두신 곳이랍니다."

한생이 한참 동안 두루 돌아다니며 용궁을 구경하였지만 모두 다 둘러볼 수는 없어 한생이 말하였다.

"그만 돌아가겠습니다."

한생이 돌아오려고 하였으나 그 문들이 겹겹이 막혀서 어디로 가야 할지 알 수가 없었다. 사자에게 인도를 부탁하여 본래 있던 자리로 돌아와서는 용왕에게 감사인사를 드렸다.

"대왕의 두터운 은덕을 입어 떠나기 전에 훌륭한 곳들을 두루 둘러보았습니다."

한생이 두 번 절하고 작별 인사를 하였다. 그랬더니 용왕이 산호쟁반에다 진주 두 알과 흰 비단 두 필을 담아서 선물로 주고 문 밖까지 나와서 작별하였다.

용왕은 두 사자에게 명하여 산을 뚫고 물을 헤치는 무소뿔로 한생을 인도하게 하였다. 한 사람이 한생에게 말하였다.

"제 등에 올라타고 잠깐만 눈을 감고 계십시오."

한생이 그 말대로 하였더니 무소뿔을 휘둘러 물길을 내면서 앞에서 인도하는데 마치 하늘로 날아가는 것 같았다. 오로지 그치지 않는 바람소리와 물소리만 들렸다.

이윽고 조용해져서 눈을 떠보았더니 한생의 몸이 자신의 방에 드러누워 있었다.

한생은 방문 밖으로 나와 커다란 별이 드문드문 있는 것을 보았다. 동방이 밝아 오고 닭이 세 홰나 쳤으므로 오경쯤 되었을 것 같았다. 재빨리 품속을 더듬어 진주와 비단이 있는 것을 확인하였다. 한생은 이 물건들을 상자에 잘 간직하고 귀한 보배로 여기면서 남에게는 비밀로 하였다.

그 후에 한생은 세상의 명예와 이익을 바라지 않고 이름난 산으로 들어갔다. 그 다음에는 어찌 되었는지 아무도 알 수가 없었다.

김시습 (金時習 1435~1493)

조선 초기 학자이자 문인이며, 생육신의 한 사람이다. 자는 열경(悅卿), 호는 매월당(梅月堂)·동봉(東峰)·청한자(淸寒子)·벽산(碧山)·췌세옹(贅世翁)이다.

그는 어릴 때부터 신동 소리를 들었는데, 세 살 때 이미 시를 짓고 《소학(小學)》 등도 통달했다. 다섯 살 때 세종대왕 앞에서 글을 지어 왕이 감탄하여 칭찬하고 비단을 선물로 내렸다. 열다섯 살 때 어머니 상(喪)을 당하여 삼년상을 치른 뒤 삼각산 중흥사에서 공부하다가 수양대군이 어린 단종을 몰아내고 왕위에 올랐다는 소식을 듣고 통분하여 나흘 동안 두문불출 단식한 뒤 읽던 책을 모두 불태워 버리고 중이 되어 방랑길에 올랐다. 1458년(세조 4)부터 나라를 유람하면서 《탕유관서록 후지》《탕유관동록 후지》《탕유 호남록 후지》를 지었다.

1465년(세조11) 경주의 남산에 금오산실을 짓고 독서를 시작하여 우리나라 최초의 전기적 한문 소설 《금오신화》를 창작하였다. 1468년(세조14) 금오산에서 《산거백영》을, 1476년(성종7)에 《산거백영후지》를 썼다. 47세에 환속(還俗)하여 1485년(성종16)에 《독산원기》를 썼다.

한평생 절개를 지키며, 불교와 유교를 아울러 포섭한 사상과 탁월한 문장으로 한세상을 풍미하다가 1493년 (성종24) 59세로 생애를 마쳤다. 시집으로 《매월당집》이 있고, 전기집으로는 《금오신화》가 있으며, 《십현담요해》 등의 저서가 있다.

국어과 선생님이 뽑은

한국 문학 읽기
한국고전읽기
세계문학읽기